文芸社セレクション

母の葬儀

えい子

文芸社

私生児だった祖母。
母子家庭で育ち、父の死後は急激に弱り、後を追うように亡くなった母。
生きることは、きれい事だけでは済まない。
それでも私は、
――美しいと感じた。

はじめに

題名を考えるにあたり、「葬儀」の意味を調べてみた。

ざっくりと、「故人との最期の別れの場」みたいな感じ。

「母」という人が終わり、魂の次のステップに旅立っていった。だから、「葬儀」でだいたい合っていると思った。

もしかしたら、二度と会うことのない私の母に、たぶん、一度も心がふれあったことのない母に、愛と敬意と感謝をこめて。

主な登場人物紹介

私（えいこ）
長野県に住む会社員。四十代後半（当時）。娘二人の母。二人目の夫（宮園）と再婚して五年ほど経った。

しおり
私の上の娘。千葉の専門学校に行っていたが、就職が決まらず、実家に戻った。長野で一度就職したが、失業した。現在の夫とは養子縁組をした。

なる
私の下の娘。高校卒業認定試験に合格して高校を中退し、山形県の大学に通い始めた。しおり同様、父親は最初の夫で、現在の夫とは養子縁組している。

母（京子）
私の母。小学生の時に父親を亡くし、長女として、家族を支える責任感を持って育った。高校は、私立高校に授業料免除で特待生として通い、卒業後は早く家族を支えたいからと、系列大学への推薦を断り、長野県の公務員になった。父（たかし）とは同僚として出会い、結婚した。

四十代の頃から糖尿の持病があった。父の死後は、祖母（父の母親）のめんどうをみることと、父の七回忌を無事行うことを生きる目標にしていたが、徐々に弱くなっていき、祖母の死後は急激に弱り、入退院を繰り返す。サービス付高齢者向け住宅に入居している。

祖母（トヨ）

私の父方の祖母。九十四歳で死去。私生児として生まれ、苦労をしながらたくましく生きてきた人。苦労を感じさせない明るさを持つ。

母の兄弟

母の下に、叔母（エミ）、叔父二人（暁、義朗）がいる。

叔母は、働きながら定時制高校に通い、看護師になった。明るくて元気な人。

叔父たちは共同で建設会社を経営している。社長は下の義朗叔父。

妹

私の二歳下の妹。結婚して茨城県に住んでいる。私の娘たちからは「明ちゃん」と呼ばれている。

父方のいとこたち

父の弟であるケンジ叔父の子供たち。兄二人（ゆうじ、ケンタ）と末っ子の妹がいる。

祖母の姪（?）のおばさんたち

タケ子さんとフジ子さん。祖母の近所に住んでいて、何かと世話を焼いてくれるおばさんたち。

その他

地域包括支援センターの倉田さん
民生委員の鈴木さん

祖母のケアマネージャーの野村さん
地域の交番の署長さんや、免許センターの平田さん
母の入居しているサービス付高齢者向け住宅「丹波ハウス」の所長（高梨）さん
など

※個人情報保護のため、仮名を使用しています。

目次

母の死

帰宅するために退社しようとしていたら、机の上の電話が鳴った。内線だった。

受話器を取れば内線はつながるのだが、その時は、どういうわけか点滅している保留ボタンを押してしまった。私あてでなかったら、誰か別の社員あての外線に出てしまうので、普通はしてはいけないことだったが、その時は気づかずに、内線を取ったような気になっていた。

「宮園です」

「宮園と申しますが……」

受話器からよく知っているうちの娘の声がした。

「……しおり？」

しまった、外線に出てしまった、と一瞬思ったが、偶然にもそれは私あての外線で、何故か電話の相手は長女のしおりだった。会社にかけてくることはないので、どうしたのだろうと訝る。

「あ、お母さん。…今、施設の所長さんからお母さんの携帯に電話があって、おばあちゃんが夕食の時に倒れて、意識不明なんだって。今、救急車呼んでるから、救急の病院がわかったらまた電話するって！」

私はその日、携帯を家に忘れてきていた。時々やってしまう。家族とか、ごく親しい友人とたまにメールするくらいなので、あまり支障はないが、最近は祖母のことや母のことがあるので、なるべく持ち歩くようにしていたが、うっかりしていたらしい。

ここのところ母も落ち着いてきたので、少し気がゆるんでいたのかもしれなかった。

しおりから簡単に事情を聞いて、すぐに家に帰ると伝えると、

「……お母さん……？」

向かいの席の妃さんが聞いてきた。

同じ課に所属する彼女は、私より少し年上で、会社で親しくしている人のひとりだ。家の事情なんかも結構詳しく話している。母が高齢者向け住宅に入っていることも知っていた。

「施設から電話があって、母が倒れて意識がないらしいんですけど、……糖尿持って

るから、たぶん血糖のコントロールがうまくいかなくて気を失ったんだと思います。今までも何度かあるんですよ」

私が答えると、

「低血糖とかなら、病院で点滴打って、すぐ帰されちゃうんじゃないの？　入院もさせてくれないかもよ」

妃さんが笑って言った。

「たぶんそうですよね。まだ受け入れの病院がわからないので、一旦家に帰ります」

母の手術の時も、平気で六時間とか待たされたので、今夜は長いだろうと覚悟して、野菜ジュースを買って帰った。

「所長さんから電話があって、病院、日赤だって」

家に帰るとしおりが教えてくれた。

「たぶん長くなるよ。何か食べる？」

「ん～私はいいけど」

「じゃ病院まで運転してく？　その間にお母さん、バナナ食べるから」

この春専門学校を卒業した長女は、現在失業中だ。私たちが住んでいるような地方で車は必需品なので、機会があればなるべく運転の練習をするようにしていた。

高校卒業前に免許を取り、千葉の専門学校に通っていたしおりは、すっかりペーパードライバーになっていた。亀の歩みのような、申し訳ないくらいのスピードで日赤に向かう。カーブを曲がる時など、虫がとまりそうなくらいだ。

私は助手席でバナナを食べた。

今日は木曜日。明日も仕事だ。母につきあうのはいつも大変だ。

九年前に父が亡くなり、二人姉妹の私の妹は、結婚して茨城県に住んでいる。父が亡くなった当時、私は神奈川県に住んでいて、母子家庭だった。

父が亡くなった時、心配した叔母たちから、

「お母さんもひとりになっちゃうんだから、えいこちゃんも戻ってきて」

と熱心に言われた。

亡くなる前、父に、

「お父さんもどうなるかわからないから、こっちに戻ってきてほしい」

と言われ、私は、

「わかった」

と答えた。

その一週間後に父は亡くなった。悪性リンパ腫だった。

だから、母をみるのは、私しかいない。

日赤に着いて、駐車場に停めるのに、何度も切り返した。果てしなく続くと思われたが、なんとか駐車スペースに車をいれて、しおりは、

「うん。結構うまく停められた」

と満足げだった。

私たちは、救急の出入口から入った。

受付で母の名前を言うと、中に通された。

そこは救急の出入口近くの、救急患者の治療をするための部屋だった。カーテンの向こうで、母が酸素の管をつけて、ベッドの上に寝ていた。胸の上に心臓マッサージらしい機械がのせられていて、若い医師が何か操作していた。ドンドンと激しく動き、それに合わせて母の身体も上下に動いていた。母は痩せていて軽いから、救急のベッドの上で、舞うように飛び上がっていた。

私は予想と違う状況にとまどった。何が起きているのか、よくわからなかった。

それでも、嫌な予感はすぐそこにあるように思えた。

傍らにいた若い医者が言った。

「救急車が到着した時は、心肺停止の状態でした。心臓マッサージなどをして、一瞬心臓が動いたのですが、またすぐに停止してしまい、それから一時間くらいたちましたので、もう意識が戻ることはないと思います。もし万が一戻っても脳に重大なダメージが生じていますので、生きていられる状態ではないと……」

私は、もっとわかりやすく言ってくれと思いながら、

「え、これ、もう死んでるんですか?」

と聞いた。

「まあ、そういうことになりますね」

……嘘でしょ?


日曜日に、母が入居しているサービス付高齢者向け住宅「丹波ハウス」に会いに行った時、母はかなりむくんでいた。腕も足もパンパンで、めずらしく顔もむくんでいた。少し前に、定期的に通っている病院に行っているはずなので、私は、

「お母さん、むくんでること、病院で何も言われなかった?」

と聞いた。母は、

「別に何も言われてないよ」

と答えた。

母は、いつも大事なことは何も言わなかった。

その日帰る時、事務所にあいさつに行くと、

「お母さん、少し前からむくんでいて、病院から新しい薬が追加されています。先生は、甲状腺を疑っているみたいで、しばらく様子をみることになっています」

施設の所長である高梨さんが教えてくれた。

何年も前から母は糖尿病を患っていて、定期的に通院している。

前年に、母は四回入院して、そのうち二回は骨折で、手術もしていた。私はそのたび何日も会社を休まなければならず、今年に入ってからは、通院はヘルパーさんにお願いしていた。

医者が心臓マッサージの機械を止めた。

やっぱり母はまだむくんでいたが、手は、日曜日よりはましなようだった。

「ちょっと、早く起こしてちょうだい！」

いつものように、偉そうに母が今にも言いだしそうにみえた。

「触ってもいいですか？」

私は聞いた。

医者が頷いたので、私は母の手を取った。

やわらかかったが、ひんやりしていた。

「つめたい」

私は言った。

医者は、そうでしょうと言うように、

「はい」

と言った。

何かもう、戻せない力があった。

とても死んでいるようには見えない母が、そこにいた。

マジか……、せめて「意識不明」ではなくて、「心肺停止」と電話で言ってくれてたら、もう少し急いだのにと、筋違いにも、私は電話をくれた所長の高梨さんを少し恨んだ。でも、あの人の好い優しい高梨さんだから、きっと刺激の強い言葉を使えなかったのだろうな、とも思った。

……とてものんびり来てしまった。……バナナも食べたし。

でも、父の死を通し、最期は結構こんなもんだと、知ってもいた。私はなぜかいつもタイミングが悪くて、どこか抜けてしまう。だから、母にも「またやってしまった」と自分に失望するけれど、こんな時にも相変わらずポンコツな自分に、諦めの気持ちを抱いた。

身内の最期なんて、人生でも一番大事とも思える時なのに、私はいつもずれて、まぬけな結果になってしまう。祖母の最期の時も、呼吸が時々止まるようになった祖母にしばらく付き添っていたが、今のうちに銀行に行ってこようとちょっと席をはずしたすきに亡くなってしまった。

父の最期の時もそうだった。

九年前父が亡くなった日、私は田んぼに手伝いに行っていた。

当時、私たち家族は神奈川県のＮＰＯに参加していて、週末は、みんなで借りている田んぼや畑に手伝いに行った。その日田んぼから帰ってくると、夕方、母の下の弟である義朗叔父から電話がきた。

「えいこ、……いいかよく聞けよ」

叔父が、珍しく改まったように言った。

予感がした。

「お父さんがさっき息をひきとった」

……そっか、早かったな、と思った。

私は、自分の予感が当たったことを知った。

義朗叔父の話では、父の危篤の知らせを聞いて、叔父たちのいる中信地域から、父が入院していた北信地域の病院まで、車で高速を使って二時間くらいかかるのだが、兄弟皆で向かってくれたそうだ。父の最期に間に合って、みんなで父のベッドを囲んで最期を看取ったと言った。耳は最後まで聞こえているからと医者に言われ、みんなで大きな声で「兄さん、兄さん」と叫んで、

「お父さん、笑ってるみたいだったぞ」

それから、電話をのり子義叔母に代わってもらって、式服とかいろいろ、持ち物や今後の予定を聞いて、義叔母から励ましの言葉をもらって、電話を切った。

母には、叔父たちがついててくれる。だから大丈夫だと思った。

そのあと、私は、なんとなく自分の携帯の表示を見た。

着歴があった。

……父からだった。

嘘!? と思いながらメッセージを聞いた。

「……えいこ……えいこ……」

「!!!」

……言葉にならなかった。

……ごめんね、お父さん。……気づかなくて……。

何か言いたいことがあって電話してきたのか……。

その前の週に、入院していた病院で父と会った時のことを思い出した。

「携帯の使い方がわからなくなったんだ」

と父は言った。

私が一緒に操作しながら教えると、

「あぁ、そうか。うん、わかった。ありがとう」

と笑った。

ずっとぎくしゃくした関係だった父だが、病気になってからの父は、前より素直で話しやすかった。

「記憶障害が出てくると、もうそんなに長くないのよ……」

ベテランの看護師さんが、そっと言った。

それを思い出して、電話に気づかなかったことを、父に申し訳ないと思った。

……もう、聞けなくなっちゃったよ、お父さん……。

でも、えいこだから仕方ないとあきらめてくれるだろうか、とも思った。親の期待には一切応えてこなかったから。

留守電のメッセージは、消すことはできなくて、自然に消えてしまうまで、しばらく携帯に留まっていた。

＊＊＊

まずは明日から会社を休まなければいけないので、とりあえず会社に電話をした。

妃さんは、まだ会社にいた。

「あ、妃さん、宮園です。……母が亡くなって……」

「えー!!? 低血糖じゃなかったのー!?」

「病院に着いたら、もう心肺停止とか言われて……。……まだ、ぜんぜん、実感ないんですけど……」

「だよね。だってすぐ帰れそうな話だったじゃん？　……わかった。じゃ、明日からお休みだよね？　次長には伝えておくよ」

「お願いします。私も、今後の予定とか決まったら、また連絡します」

「うん。……おばあちゃん亡くなったばかりだから、（葬儀の）やりかたとかはわかるよね？」

「ほんとですよね？　ついこの間おばあちゃんの一周忌だったのに……」

こんなに続くとは……。

病院の対応は娘に任せて、私はその後、何件も電話をかけた。

携帯を充電したまま家に放置してあったので、そこは助かった。

主人に……、山形の大学に行っている下の娘のなるに……、茨城にいる私の妹に……、母の妹のエミ叔母に……、主人の母である宮園の義母に……。そして、葬儀屋に……。

エミ叔母に電話すると、驚いて声も出ない感じだった。叔父たちに連絡がつかないことを言うと、

「あの人たち、またどこかに（旅行に）行ってるかもしれない」

とりあえず、叔母はすぐ来ると言ってくれた。エミ叔母は、松本に住んでいる。七十歳を過ぎて、高速で二時間くらいかかる距離なのに、夜なのに、義叔父（エミ叔母のご主人）に乗せてもらってすぐ行くからと。やっぱり姉妹なのだと思った。

母の死はあまりに突然で、電話をした誰もが一様に驚いていたが、山形にいる娘のなるだけは、あまり驚かなかった。

一月前のゴールデンウィークに、私と主人は、なるのいる山形へ行った。娘は入学してまだ一か月だったので、ゴールデンウィークに家に帰ると、また大学に戻るのが嫌になるから、母たちが来てくれ、と言った。だから私と主人は、高速で六時間以上かけて、山形に行った。

娘の大学は山形市にあったが、せっかくだからと、庄内の方まで出掛けた日だった。自動車道から、月山がとてもきれいに見えた。

やさしく広がる稜線が青い空にくっきりと映えて、とても美しかった。

私は写真を撮りたいと思って、主人に、

「写真撮りたいからスマホ貸して」

と頼んだ。私の携帯は化石的なガラケーなので。いつもなら、

「はいよ」

と快く貸してくれる主人が、その時は、

「今運転中だから……」

と断った。

いくら初めての道でゴールデンウィークとはいえ、山形の自動車道なんだから、混んでいるといってもそこまでじゃない。ポケットに入っているスマホを取るくらい、いつもやっているよね？　と思うのに、何度か私が頼んでも、主人は頑なだった。

「せっかく、来年の年賀状に使える良い写真が撮れると思ったのに」

私は文句を言った。

「……まぁ、また年賀状が出せないかもしれないけどね」

何かの予感（？）みたいな気もして、私が言うと、

「どういう意味だよ？」

主人が聞いた。

「また喪中ハガキを出すはめになるかもしれないってことでしょ？」

後ろに乗っていたなるが言った。

去年は私の祖母が亡くなったので、喪中ハガキを出した。

「縁起でもないこと言うなよ。……って、誰が亡くなるっていうんだよ。うちの親か!?」

主人が少し怒り気味に言った。

「そんなの決まってるじゃん。一人しかいないよ」

私が言うと、

「誰だよ!?」

「おばあちゃんでしょ?」

なるが答えた。

「お義母さんか!?」

主人は驚いた。

母は、病院に行く度、インスリン注射の単位が上がっていると、最近、母が入居している「丹波ハウス」の所長の高梨さんが言っていた。去年の夏に退院してから、血糖値はしばらく安定していたのだが、今年に入ってから毎回インスリンの量が増えているようだった。なんとなく、そんなに長くはないのではないか、今年いっぱいもつのだろうかという気がしていた。上の娘のしおりが戻ってくるまで、下の娘のなるがずっと私と一緒に動いてくれていたので、彼女もなんとなく感じていたようだった。だから、私の心配もすぐに察したのだろうと思う。

まさか本当にそうなるとは思っていなかったけど、それが一か月前のことだった。

庄内からの帰りには、もう雲が出て、月山は見えなかった。あの時月山の写真を撮っていたら、もしかしたら母は今年いっぱいはもったのか、それはわからない。運命だったのかもしれない。

＊　＊　＊

市内に住んでいる主人の両親と義妹が、すぐに病院に来てくれた。

さっき救急のところにいた若い医者とは違う別の医師に呼ばれ、部屋に行くと、母のレントゲン写真を見せてくれた。

「お母さんは夕食の後だったようですが、真っ黒になるくらい食べたものがずっと奥まで気道に詰まっています」

　医師は言った。レントゲン写真を動かしながら説明してくれるのだが、私にはよくわからなかった。真っ黒になっている丸いような影があって、おそらくそれが気道なのだろうと思った。

「これだけ詰まっているので、酸素ももう肺まで届かない状態で、手の施しようがないというか……」

　病院で亡くなったのではない場合、警察が来て検死をして死因を特定するのだと言われた。母は、地下の安置室に移された。

　主人が仕事場から直接来てくれた。いつもの汚れた作業服姿の主人を見て、少しほっとする。

「何も食べてないでしょう？　何か食べたら……」

　お義母さんが心配してくれた。

　私は少し野菜ジュースを飲んだ。

　警察が来て、施設のことや、母の今までの生活のことや、いろいろ質問した。私は結構冷静に、はきはきと答えていた。と思う。

「おかあさん、この後どうする？」

義母に聞かれて、

「家に連れて帰るしかないと思う。ずっと家に帰りたがっていたけど、帰れなかったから」

私は答えた。

今までも何度もお世話になり、ずっと近くで助けてくれた義母だったので、母の事情もよくわかっていて、

「そうだね。そうするのがいいね」

と言ってくれた。

＊　＊　＊

母は去年の八月に、今のサービス付高齢者向け住宅「丹波ハウス」に入った。

そこに至るまでは、吹き荒れる嵐のように、いろいろなことがあった。

祖母が去年の四月に亡くなり、その一週間後に母が自宅で倒れた。肺炎だった。祖母は私にとっては父方の祖母で、安曇野市に住んでおり、祖父が亡くなっても元気に一人暮らしをしていた。田舎で近所づきあいも多くて、毎日誰か顔を見に来てくれるような土地柄だったので、祖母は亡くなる少し前まで元気だった。足腰も弱くなって、視力も落ちていたが、心は元気そうだった。

祖母には、父と父の弟であるケンジ叔父と、息子が二人いたが、二人とも先に亡くなってしまった。父は九年前に、叔父は一昨年亡くなっていた。

母は、

「おばあちゃんが元気でがんばっているうちは、私もがんばらないと……」

と常々言っていた。

父の生前は仲が悪かった母と祖母だが、お互い頼れる者がいなくなってからは、仲良くなっていた。

その祖母が亡くなり、祖母の葬儀には母も参列した。母も足腰がだいぶ衰えてきていたが、祖母の葬儀では、夜までずっとがんばっていた。母が肺炎で倒れたのは、それから数日後だった。

母がデイケアに行く予定の日の朝、（その日はたまたま休日だったが）ケアマネさんから私に電話があった。デイケアの方たちがいつものように母の迎えに行ったが、呼び鈴を押しても母が出てこない。いつもなら、すぐに出かけられるように準備をして待っていてくれるのに、自宅に電話しても、母の携帯にかけても出ないということで、ケアマネさんに連絡がいったらしかった。

母は週に二日、運動ができるデイケアに通っていた。高齢者にも負担がかかりにくいスポーツ器具があって、機能維持を目的としていると申し込みの時説明された。専門のスタッフが付き、お風呂もあって、汗を流したあとは大きいお風呂に入れるということで、母はとても気に入っていた。スーパー銭湯とか温泉が好きで、母は父とよく行っていたので、そんなところも良かったのだと思う。

室内で倒れているらしいことを想定して、誰かに一緒に来てほしかったので、（主人は仕事でいなかったので）私は義母に電話をした。義母は、

「暇だから、いいよ」

と言ってくれて、当時私たちが住んでいたアパートから車で実家に行く途中、義母

をひろっていくことにした。家にいた下の娘のなるが一緒についてきた。

実家に着くと、呼び鈴を押しても電話をしても、やっぱり母は出てこなかった。実家のスペアキーはどこにあるのかわからなくなってしまっていたので、私たちは鍵を持っていなかった。普段母の留守に実家に来ることはなかったので、それまでは良かったが、こういう時は困ってしまった。

二階の窓が開いているようだったので、外にあったはしごを使って、なるが二階から入ることにした。私は、万が一のことを考えて、高校生の娘が第一発見者になってしまっては可哀想と思い、

「家の中をうろうろして探さなくていいから、入ったらまっすぐ玄関の鍵を開ければいいからね」

と言った。

私たちが家の中に入ると、母が居間でうつぶせで倒れていた。テーブルの椅子がひとつ倒れていたので、それにつまずくか何かしたように見えた。食事の途中だったのか、テーブルに食べかけの食事が置いてあった。スーパーで買ったであろう「にらせんべい」と煮物が少し。昨日の夕飯だろうが、「これだけ……？」と少し驚く。部屋の中は電気をつけなくても明るかったので、カーテンは開いていたと思う。テレビが

ついていて、そして、部屋中おしっこの匂いがした。

「ちょっと、起こしてちょうだい」

しわがれた声で、母がしゃべった。生きてた。

母は足もよたよたで、少し前に叔母たちとどこかに遊びに行った時も、何かとんちんかんなことを言ったり、トイレが間に合わなくて失禁してしまったり、そのままびしょびしょのズボンで電車に乗って帰ってきたりということがあって、叔母たちも私たちも、母にどこかの施設に入るとか、せめてヘルパーさんを頼むとかしてほしいと言っていたところだった。母はその頃要支援の認定を受けていて、認知症の疑いがあるから、きちんとした検査を受けるようにと言われていた。何を言っても頑なに拒否する母だったので、良い機会だから、いっそ救急車を呼ぼうと考え、救急に電話をした。

母の状態を伝えると、

「すぐに到着できるので、そのまま動かさないように」

と言われた。相変わらず、

「早く起こして！」

と怒っている母に、

「今、救急車呼んだから、動かすなと言われたから、もう少し頑張って」

　と励ました。


「肺炎もかなり悪い状態ですが、栄養失調にもなっています」

　母は救急車で運ばれ、日赤に入院したのだが、その時の主治医が言った。

「血糖のコントロールもできていませんし、入院中から、薬だけではなくインスリン注射も取り入れていきます。また一人暮らしに戻ると、また同じことのくり返しで、また入院する可能性が高いですから、どこか施設に入ることをおすすめします」

　入院中、母は、肺炎の治療と糖尿病の治療を受け、途中、突発性の難聴になったりしたが、徐々に回復していった。総合病院のメリットで、認知症の検査もしてもらったが、結果は認知症とは認められなかった。脳の検査をしてもらったり、専門の医者に診てもらったりしたのだが、レビー小体型とかパーキンソン症状ではないと言われた。アルツハイマーの特徴もあまり見られず、

「経過観察ということになります」

　母は若い時から記憶力が良かったみたいで、専門医の質問やテストにもスラスラ答えていた。一緒に付き添っていた私の方ができないくらいで、フォークと猫とか言わ

れても、脈絡のない興味のないことなんて、そんなに覚えていられない私より、母の方がよほど記憶力は確かだった。私は母のことを認知症だと思っていたので、少なからずがっかりしたが、ただの老化では済まないと思われることが、それまでも度々あった。看護師だったエミ叔母や、ケアマネをしていた美代子義叔母（父の弟、ケンジ叔父の奥さん）は、母の物忘れや、転んで起き上がれないことなどに対して、

「認知症でないなら、糖尿からくるものかもしれないし、もしかしたら（父が亡くなったことによる）うつになってるのかもしれない」

と言っていた。今となっては、わからない。

母が要支援の認定を受けるきっかけになった出来事があった。

母が家の近くのコンビニに一人で歩いていった時だったそうだ。コンビニはT字路の角にあった。家から歩いていくと、Tの縦側の道路からコンビニの前の駐車場に入るようになる。母はそこから店内に入り、出る時はTの横側の道に出たらしい。自分が来た道と違う方の道に出たことに気付かず、右に向かっててくてくと歩き続け、いつまでたっても家の方へ曲がる道に出ないなというところで、疲れて転んだらしい。

起き上がろうと思ってもどうしても起き上がれなくて、そこを通りかかった人の車に乗せてもらい、自宅まで送り届けてもらったとのことだった。

たまたま実家の近所に前の民生委員をしていた人が住んでいて、母が送り届けてもらったところに行き合わせたようで、今の民生委員をしている鈴木さんにそのことを伝えてくださった。鈴木さんが地域包括支援センターに相談し、倉田さんというそこの職員の人が心配して、近所の神経内科の病院に付き添ってくださり、そこで軽度の認知症と診断され、介護認定を受けられるように手配してくれたのだった。結果、要支援と認定され、ケアマネージャーをつけていただき、実家の階段に手すりを付けたり、デイケアに通って機能維持の運動をしたりといったことを、介護保険でできるようになった。

母は最初、デイサービスみたいな、お年寄り向けサービスに参加することを強く拒否していた。しかし、お試しでデイケアに行ってみると、機械を使っての運動とか、入浴のサービスもあって、職員の方々も若くてやさしいようで、とても気に入ったようすだった。来ている人も自立している方が多いようで、それもよかったみたいだった。毎週二回、午前中だけなのだが、母は気に入ってずっと通っていた。

実はその出来事の前から、母については少しおかしいと感じることが増えていた。父の七回忌が終わった頃から特に、母は日に日に弱って（？）いくようだった。

父が亡くなった時、私たち（私と娘たち）は母子家庭で、神奈川県に住んでいた。父が亡くなり、叔母たちの勧めもあって、実家に戻ってきた時、母は私たちとの同居を最初は拒否した。私も高校を卒業してから実家に戻らずにいたので、今更母との同居は自信がなく、私と娘二人はアパートを借りて実家の近くに住んだ。

ちょうどリーマンショックとかあって、日本でも不況といわれていた時期だった。私は失業中でなかなか就職が決まらず、失業保険の給付が終わっても就職できなかった。切羽詰まった私は、母に頼み込み、ようやく母は（同居しても）「いいよ」と言ってくれた。同居が決まったら、どういうわけかすぐに就職が決まり、それから二年間、私と娘二人は、母と一緒に実家に住んでいた。

その後、縁があって私が再婚することになり、私たちは実家を出てアパート暮らしになった。

再婚する時も、母はもう私たちとの生活にうんざりしていることがわかったので、実家を早く出ることがお互いのために良いと思えた（亡くなってから読んだ母の日記にも、毎日うんざりということが何回も書いてあった）。

そうして、やっと念願の自由な一人生活を始めた母だったが、おかしいと思うことが徐々に増えていった。


アパートに引っ越すために私たちが実家を出たのは、三月だった。子供たちの学校のタイミングもあったので、学年の変わる時期に転校した。

私たちが引っ越して、もうすぐ一年がたとうとする少し前の一月、母は事故を起こした。

母が、兄弟たちとの新年会のため、温泉に一泊する予定で旅館に行った時だった。家から車で一時間かからない距離だったので、母が一人で運転して旅館に着き、その駐車場で石の塀に突っ込んだのだ。アクセルとブレーキをまちがえたらしく、エアバッグも開いて、大変な騒ぎになったらしい。その辺の本人の記憶はないようだった。

私に連絡がきて、夜、宿泊している旅館に様子を見に行った。母は病院に運ばれて検査を受けたが、すぐ帰されたので、身体は大した怪我もなかったようだった。

叔父や叔母も心配して、「認知症がはじまっている」とか「車の運転はやめさせた方がいい」とか、私に言った。

事故から二日後に旅館に菓子折を持って母とお詫びに行ったが、宿の被害は少なかったようで、どちらかというと母の身体の方を心配してくれた。現場を見せてもらったが、ぶつけたのが幸い頑丈な岩で作られたようなところだったので、目立った跡もなく安心した。

母の車は廃車になったが、車の保険に新車特約というのがついていて、母の車がまだ新しかったので、すぐに代わりの車が保険で用意できるとのことだった。母は「自分はまだ大丈夫」と言って、運転はその後も続けたが、そんなことがあって、それからは高速に乗る時は、なるべく私が運転するようになった。

それから、半年以上が過ぎた秋の頃だった。

母が、

「最近、知らない会社の案内の郵便物が届いて、知らない人から電話がかかってきて、株を買いたいから名義を貸してほしいって、何回も電話がかかってくる。そのたびに代わりに私が電話対応してあげなきゃならなくて、めんどくさい」

「世の中にはお金がある人がいるんだね。株の投資で何千万も買うんだって」

と言い出した。

当時テレビでも詐欺が流行っていて、「オレオレ詐欺」が少し下火になり、かわって「劇場型詐欺」というのが出てきた頃だった。登場人物が何人も出てきて、シナリオに沿って詐欺グループの人達が演技していくというものだそうだ。

母の話を聞くと、まず、会社の案内の郵便物が届いた。私が見せてもらうと、その会社は、自然エネルギーの会社みたいで、印象が良くて、今後成長しそうなイメージでパンフレットが作ってあった。これまた好青年の、眼鏡をかけた賢そうでイケメン過ぎない清潔感のある絵にかいたような営業マンの写真がのった名刺がついていた。私は、名刺の電話番号がフリーダイヤルだけなのが気になった。固定電話をのせないということは、店舗はない可能性があるのではないか。フリーダイヤルの電話だけだったら、マンションの一室で営業も可能ではないのか？

郵便物が届いてからしばらくして投資家の人から電話が来て、「その会社は大変有望で株を買いたいけど、私（投資家）には買う権利がなくて、権利のある人（うちの母）に名義を借りたい」というようなことを言ったらしい。

そのことについての母の感想が、先ほどの「めんどくさい」と「世の中にはお金のある人がいるのね」だった。

「それは、典型的な『劇場型詐欺』ってやつだと思うよ」

私は言った。その頃テレビでよくやっていた詐欺の手口そのままだった。母だって、NHKのニュースは見ているはずなのに、NHKでは詐欺の手口をきちんと教えてくれないのだろうか？

「詐欺じゃないよ」

母は笑って言った。

だまされる人は、根拠のない自信がある人が多いと聞く。私は心配になって、名刺に書いてあった東京の住所を調べてみた。その住所は、名刺に書いてあるものとは違う会社のものだった。私は、住所からわかった会社の方に電話をかけた。

普通の会社らしく、事務の女性らしい人が電話にでた。私は、母のところに送られてきたパンフレットの会社との関係を聞いてみた。すると、

「そのような会社は聞いたこともありませんし、弊社とは何の関係もありません。ただし、名刺の住所は、確かに弊社のものです」

と言い、

「ただ、最近、その（パンフレットの）会社あての郵便物が弊社に何通か届いて、

（関係ないものなので）郵便局に引き取ってもらったことがありました」

と続けた。

「……！」

「もしかしたら、詐欺かなにかじゃないかとうわさしていたところなので、どうぞお気を付けください」

……ビンゴ!!　と思った。

私はすぐさま母に電話をして、その話を伝えた。

ここまで証拠がそろえば確実に詐欺だとわかった。母は、

「ああ、そう？　ありがとう」

と言った。私は、水際で防げたと思った。

それからしばらくして、実家のテーブルの上に百六十万円の定期の解約の紙を見つけた。

「定期、解約したの？」

私は、母に訊ねた。

「何に使ったの？」

母は、

「あぁ、これはあとから戻ってくるからいいの……」

……、……詐欺？　私は再び疑った。

その少し前、母は「私でもどこか雇ってくれるところないかしらね？」と言った。

「なんで？　お金が必要なわけじゃないでしょ？」

私が聞くと、

「暇だから、少しは働いたりしたいな、と思って。あなたの会社の青木さんだってまだ働いてるでしょ？」

青木さんは私の上司で、たぶん六十五歳くらいになると思うが、まだ現役でバリバリ働いている女性だ。フルマラソンも完走してしまうくらいの実力の持ち主で、普通の人とは少し出来が違うと思うが。

母は公務員だったので、

「公務員の再雇用とか、何か公務員の経験が活かせるところならいいかもしれないけど、民間企業では難しいと思うよ」

私が答えると、母はそれ以上その話題には触れなかった。

当時、劇場型詐欺のあとの、被害回復詐欺という二次被害の詐欺が流行っていて、テレビでも何度か目にしていた。前回の劇場型詐欺が未遂でなかったとしたら、今回のが二次被害の詐欺の可能性が高い、と感じた。

思い返せば少し前までは、「(孫の) 学費を少しは援助しようか?」とか「お金には困ってないから」とか言っていたのに、最近は「お金がない」と言っていることが多くなっていた。

「このあいだの迷惑していると言ってた会社はどうなった?」

私は聞いた。

「あぁ、あれはもう終わったよ」

「詐欺にあったんじゃないの?」

「あれは詐欺じゃないよ。私が詐欺にあうわけないでしょ?」

「でも、明らかに怪しかったよね?」

「でも、あれは詐欺じゃないよ。それは確かだから」

母は、どうしても詐欺にあったと認めたくないのか、「自分が詐欺にあうわけがない」というスタイルを貫いた。

その後も、銀行で振り込もうとして、詐欺だと銀行員が気付いて未遂に終わったという出来事もあった。その時は警察もきたらしいが、母はパンフレットが送られてきた時の話などは警察にも一切しなかったようだ。私にも終わってから、銀行でそういうことがあったと言うくらいで、こちらから聞かなければ言わないし、相談もなかった。

母の死後、母の日記にも当時のことが少し書かれていて、『一人で処理するには耐えられない位、いろいろなことがあった。自分で望んだわけでもないのに変な事件に巻き込まれて、ようやくケリの見通しがついた』とあった。

私は詐欺のことを妹に話した。はっきりしないままグレーゾーンにいた出来事だったが、翌年妹が実家に里帰りした時に確認したら、やっぱり被害にあっていたようだった。

「いくら盗られたの？　何十万？　何百万？」妹がしつこく聞いたところ「そんな額では済まない」と答えたそうだ。はっきりした金額は頑として言わなかったらしいが、母はどうやら貯金のほとんどを盗られたようだった。母は私のいる前では言わなかった。私がいない時、妹が追及してそこまでは答えたらしい。妹は、「姉が相手の会社を調べて、ぜったい怪しいと言っていたにもかかわらず、詐欺にあったから、お姉ちゃんの前では言えなかったんじゃない？」

と言った。

私にとって、母が娘の私ではなくて見ず知らずの詐欺師の言うことの方を信じたのだという事実が、それまでの私と母の関係を象徴しているように思えた。娘には心配をかけたくないという母親としての自然な感情だとか、周りのアドバイスをもらったりしたが、やはりそんな風に納得はできなかった。怒りの思いは感じなかったが、冷たい壁が私と母の間にあるのを実感した。私も母も、親子の愛情がないわけではないが、一人の人として決定的に相容れない性質をもっているようだった。哀しいことだったが、それは昔からずっと変わらなかった。

妹は、「これは手をつけないで、いざという時のためにとっておいてね」と以前母に念を押していた定期も解約されて盗られていたと知って、やはり、裏切られたというな感情を持ったようだった。母は、ひとり、ひとり、自分の味方を自ら切り捨てていくようなものだった。母に裏切る気持ちはなかったと思うが、何か欠落しているものがあった。母のことは、今では不憫だと思う。

「ま、これできれいさっぱりなくなって、もう盗られるものもないし（笑）」

と、私たちはなるべく明るく受け入れた。警察には一度話したが、本人からの被害届以外は受け入れないと言われた。妹の話だと、母本人は、最後まで「詐欺だったとは思えない。何かの間違いじゃないか」というようなことを言っていたらしい。

それが、父の七回忌の少し前のことだった。

その年に、母の免許の更新があった。高齢者の事故が社会問題になっていて、免許の返納や認知症の検査が奨励されていた。母は七十二歳になる頃だった。七十五歳を過ぎると認知症の検査が義務付けられるみたいだが、母は、

「まだ車がないと不便だし、次の更新はもう受けないから、次の更新までは運転する」と言って、免許の更新をした。母自身も、次は認知症の検査でひっかかると感じていたのかもしれない。年をとると、それまで当たり前のように持っていたものをひとつひとつ失っていく。失うことによって得るものもあるのだと思うが、失うということは、耐え難いと思う人もいる。母は細い身体で何かに必死にすがりついているように見えた。

年末、母自身は「家の駐車場でぶつけた」と言っていたが、車に何か所もぶつけた

痕があり、助手席のドアが変形して閉まらなくなり、バッテリーがあがってしまうということが起きた。

もう高速も乗らないし、普通車はやめようと説得して、その出来事をきっかけに母は軽自動車に乗り換えた。新しい軽自動車には、安全装置など今ある技術のフル装備をつけた。

それから年が明けての春頃、母が要支援の認定を受けるきっかけとなった出来事が起こった。（前述）

地域包括支援センターの倉田さんは、大変押しの強い善意にあふれた人で、そのあと母が要介護認定を受けるまで、親身になってずっとお世話をしてくださった。前述の、母を初めて神経内科に連れて行ってくださった時も、どういう手品を使ったのか、私たちが何を言っても「認知症の検査なんて……」とバカにしていた母を連れだし、受診させた。その後、診察した医師の診断をもとに、意見書（？）を書いてくれて、介護認定を受けられるように手配までしてくださった。

そして、その年の七月、父の代からずっとお世話になっているマツダの営業さんから突然電話がきた。

「えいこさん、お母様からは口止めされていたのですが、えいこさんには言っておいた方がいいと思いまして……」

と前置きがあり、その数日前に起こした母の事故のことを教えてくれた。それによると、母が夕方自宅に帰るために運転していて、家の近くの一時停止のところで止まれずにそのままT字路に突っ込み、道の反対側の会社の生け垣に突っ込んで、生け垣の樹を三本ばかり折って止まったという事故だった。

母は、「ブレーキが間に合わなかった」と主張したそうだが、営業さんは「おそらくアクセルとブレーキの踏み間違いではないか？」と言っていた。

「幸い生け垣がクッションになってくれて、会社の壁に激突せずに止まったので大きなけがもなく、相手の会社も生け垣二、三本の被害で済んだのでよかったのですが……。……実は、少し前にも事故を起こしてまして……」

……Ｏｈ……？

実は私も怪しいと感じて、マツダの営業さんに確認しようかと思っていたことがあった。五月の固定資産税の支払いの頃、母にも軽自動車の税金の支払いがあったのだが、その時二台分の請求がきていたのだ。

「車、二台分あるね」

私が言うと、母は、

「普通自動車は名義が変わると税金もその分返ってくるのに、軽自動車はその年度初め時点の所有者が税金を払うんだって」

と隠すように答えをごまかした。車の所有の名義人が自動車税を払うことと、二台分の自動車税を払うことは関係ないと思ったが、私も、母が言わないならそれ以上追及する気になれず、そのままにしていた。そのことをマツダの営業さんに話すと、

「そうなんですよ。黙っててごめんなさい」

と営業さんは謝り、

「実はスーパーの立体駐車場で、下りの坂道で止まりきれずに、前の車に追突してしまって、……幸いその相手の方がうちの、マツダのお客さんで知っている人だったので、問題にならずに示談で解決して、……またお母さまに新しい車を用意する時は、えいこさんたちにばれないようにと、……同じ色の同じ車種でご用意しました……」

「それも、保険の特約で（新車を）用意したんですか?!」

「はい、そういう保険なので……」

「で、また今回（の事故）も新車を用意できちゃうんですか？」

「はい……。今回までは用意できるんです。……でも、次事故があると、もう保険の更新ができなくなります」

残念そうな声で営業さんが言った。

………整理しよう。

年末に普通自動車をあちこちぶつけて助手席のドアが変形して閉まらなくなり、バッテリーがあがってしまった。家の駐車場にうまく入れられなくなってきたということで、軽自動車に買い替えた。新しい軽自動車が来て、春頃スーパーの立体駐車場の坂で前の車に追突し、廃車になってしまった。次の同じタイプの軽自動車が来て、そして七月、会社の生け垣に突っ込んでこれも廃車になった。つまり母は、年末からこれまでの約半年間で三台廃車にした、ということですか？

そして、母は保険で新車特約というのをつけていたので、三年以内（？）に廃車になった場合は、次の車を保険で購入できてしまうらしい。でも、事故を起こすと減点（？）されていくので、立て続けに事故を起こした母は、次に事故を起こすと、保険の契約自体できなくなる、ということだそうだ。

さすがにこれは異常事態ということで、いくらお得意様（母）からの要望でも、隠しているのは人道的にまずいと判断したマツダの営業さんが、私に電話してきてくださったのだった。

おそらくその時もアクセルとブレーキを間違えたのだろうと営業さんは言っていた。けれど母は、

「ブレーキを踏んでもきかなかった。ブレーキが遠い位置にあるから、足がうまく届かない」

と言っていた。

車によって、ハンドルとブレーキの位置とか椅子の感じは異なる。母は、「ハンドルがあまり近いのは嫌だ」と言って椅子を下げていた。それで仮にブレーキに足が届かないのだとしたら、もういっそ車に乗らなくていいのではないかと私は思った。

私は事故のことを地域包括支援センターの倉田さんに相談してみた。電話をすると、倉田さんは、

「今まさに京子さん（母の名前）のことを考えていて……！」

と驚いていた。その頃高齢者の事故が頻繁にニュースになっていて、小学生の登校

班の列に突っ込んでしまったとか、高速道路で逆走したとか、線路を走ったとか、店に突っ込んだとか連日報道されていた。その日も、認知症のおじいさんが線路で事故を起こしたとかで、同居の家族の責任問題がどうなるか……という事件があったらしい。家族に責任があるとなれば、賠償請求される可能性もあるとかで、

「もう絶対、次は京子さんだ……！　ってすごく思ってしまって……」

「それに、もし、小さい子供が犠牲になったら取り返しがつかないし……」

電話の先で倉田さんが力説している。

私だって、母が朝ゴミ出しに行く時など、学校の登校時間帯と重なるから、万が一子供にぶつかってしまったとか、登校班の列にアクセルとブレーキ間違えて突っ込んだなんてことになったら取り返しがつかないと、祈るような気持ちでいた。

今回の事故は、幸い自損物損で済んだけど、次は、もうないかもしれない……。

倉田さんは、

「これはもう待っていられないと思う。お母さんに、まず、車がないと何が困るのか、具体的に聞いて、ひとつひとつ不安を解消していきましょう」

と言った。家族以外に、親身になって同じような気持ちで心配してくれる人がいるのはありがたいと思った。

倉田さんから、買い物に行く時は、ヘルパーさんに頼むとか、宅配を利用するという手段があるということ、病院に行く時などは、予約になるけど、タクシーを割引きで利用できること、など教えていただいた。

主人や義両親にも話し、民生委員の鈴木さんも母の様子を見に行くと言ってくださり、みんなで協力して地域の子供たちを守ろうと想いを同じくした。地域で暴走しているお年寄りというのがうちの母だということがつらいところだが、母のやっていることはいつかニュースになりそうなことに思えた。同じような危機感を母本人以外の多くの関係者が持ってくれたことは、ありがたかった。

母には、車の運転をもうやめてくれるよう話をした。倉田さんから聞いたことを伝えて、車がない場合のやり方とかヘルパーさんや宅配を考えるよう頼んでみた。母は、やはり聞き入れなかった。「私は、運転できる。車がないと困るから、次の免許の更新までは乗っていたい」と言い張った。実際、免許の更新が許されたのだから、乗ること自体は犯罪ではない。でも、他人が見ても明らかに運転しない方がいいと思えるのに、本人が同意しない場合、どうしたらいいのかと思う。首に縄をつけて縛っておくわけにもいかないし、家に閉じ込めるわけにもいかない。これで万が一のことが起こっても、家族に何ができたのかと思う。それで何かあって賠償請求されても、どうしようもないのではないか。

とにかく、私たちは思いつくことからやってみた。

まず、マツダの営業さんに相談して、母の車の保険から車両保険をはずしてもらった。そうしたら、また事故を起こして車が傷ついても、自腹で直さないといけないから、今よりもっと気を付けるかもしれない。


当時の母の日記を読み返してみると、事故当日は母が習っていた「マクラメ」という手芸の教室の発表会の日で、母は当番だったので電車で少し離れた松本市へ出かけていた。当番が終わって電車で帰ってきて、駅に停めてあった自分の車で夕方家に帰る途中の自宅近くでの事故だったようだ。母の日記に事故のことは書いてなかった。『今日は動いて疲れた』とあるだけだった。けれど、次の日の日記では、（よく行っていた）近所の菓子屋に行こうとして道がわからなくなり、タクシーをひろったと書いてあったので、自分で意識している以上にダメージを感じていたのだろうと思う。日記には、私たちが母のことをつまはじきにしているとか、カヤの外だとかも書いてあった。……。

当時九十歳を過ぎた祖母の方でもいろいろあって、祖母のところにきていたヘルパーの会社の人が祖母のお金を盗んだという騒ぎになっていた。

はじめは母のところに連絡があったのだが、母は、自分の所の地域包括支援センター（倉田さん）のことなのか祖母の側のことなのか、民生委員さんなのかヘルパーさんなのか、社会福祉協議会なのか、など区別がつかなくなっていて、次第に、祖母のことも私が対応するようになっていた。

一応母にはその都度話していたのだが、忘れてしまったり、そもそも関係性を整理して理解することが難しくなっているようだった。それで、自分の理解できないことを私や主人が話していると、自分は「カヤの外だ」とその頃よく言っていた。自分を客観的に見ることもできず、自分に自信が持てず、それでも少しずつ今までできていたことができなくなっていく不安を感じていたみたいだった。それまで自信を持って働いてきた人ほど、老化という変化に対応するのが難しいのかもしれない。

祖母のことに少し触れたいと思う。

＊＊＊

祖母がそれまでお世話になっていた民間の介護の会社から、社会福祉協議会にヘルパーさんの派遣を替えるという問題が起きたことがあった。

祖母は、我が家から高速を使って、車で一時間ほど離れた安曇野で一人暮らしをしていた。

少し前に、祖母は母からもらった庭師や何かに払う十万円が入った封筒を、ヘルパーの会社の人に盗られたと言っていて、その人が封筒のお金を数えているのを見たと言っていた。その時は自分のお金だと気づかなかったみたいだが、その人が帰ったあと、封筒がなくなっていたということだった。

「ここの、」

と言って、祖母はテーブルの天板の端をなぞった。

「ここに、封筒を入れておいた」

冬はこたつになる、椅子に腰かけるタイプのテーブルを祖母は居間で使っていた。

その天板とこたつ部分の組み合わせのすきまに、母からもらった封筒を入れたらしい。

いつも来るヘルパーの浅丘さんではなく、その日は、事務の手続きなのか、ヘルパーの派遣会社の事務の女性が来ていたそうだ。

「ばあちゃんが、ふと見ると、（たぶん帰りがけに）その人が玄関のところで、ばあちゃんに背中向けて、何か封筒の中のお金を数えているように見えて……」

「ばあちゃんが見ているのに気づくと、さっとかばんに仕舞ったと思うんだ……」

母は、「なくなったものは仕方ない」とすぐに諦めたが、祖母はしばらく泣きながら訴えていた。


祖母は一人暮らしだから、近所の人が毎日来てくれると言っても、ヘルパーが盗みをするということは、実は結構あることだと聞いた。それで、地域包括支援センター（？）とかが間にはいって、民間のその派遣会社をやめて、社会福祉協議会にお願いするという話になったらしい。

ヘルパーの派遣会社が何という名前の会社なのか、いつも来てくれるヘルパーさんの名前は覚えていても、たまに来る、その盗んだとされる人がどういう立場の人なのか、名前は正確に何という人なのか、そういう、祖母から見れば些末事が社会では重要なのだった。しかし、祖母にとっての些末事である名前や役職を、祖母は覚えていなかった。祖母はきちんとした証言ができないとみなされて、対処として、派遣先の会社の変更が決められたようだった。

認知症がきているかもしれない、九十過ぎのお年寄りが一人で何を言っても、社会の信用を得るのは難しい。社会は、客観的な証拠を求めるのだ。

祖母は意気消沈していた。現実はむごいと思ったが、私にも、どうにかできることではなかった。

社会福祉協議会の人は、信用できる人たちだったが、事務的で融通がきかず、料理はあまり上手ではなかったようで、祖母にとっては良し悪しだった。ただ、野村さんというそこのケアマネさんがとても個性的な方で、私は大好きになった。

ヘルパーの会社を替えたあと、何年も祖母の面倒をよく見てくれていた前のヘルパーの浅丘さんが来たと、祖母が言っていた。ご主人の転勤で引っ越すことになったと挨拶にきてくれたらしい。

「私がずっと面倒見ようと思っていたのに、こんなことになってしまって……」

と二人で泣いたと祖母は言った。

私たちが祖母の家に来るとわかっている日は、浅丘さんが得意の料理を、私たちの分まで多めに作って用意してくれていた。ハムとゆで卵が入っている、ジャガイモが少しごろごろと残っているタイプのポテトサラダ、味がしみ込んだ、ちくわの入っていることが多い煮物……。時間帯が合わず、私は浅丘さんに会ったことはなかったが、祖母が頼りにしていることはわかった。祖母にとっては、娘のように、信頼できる人だったのだと思う。


私は、一人で前の民間の介護会社に行ってみた。事務所に行き、そこにいた女性に聞いてみると、祖母のところに来ていたヘルパーの浅丘さんは、やめていなくてまだ働いていると言われた。そのあと、帰る時に、駐車場で介護用品の会社の男性に偶然会った。祖母の家で会ったことがある人だったので、私は、その男性にも浅丘さんのことを聞いてみた。男性は少し考えて、

「やめていませんよ」

と笑って言った。

祖母がうそをついているのか、勘違いしているのか、当時私はわからなかった。

「おばあちゃん、うそついてたじゃん」

私は、祖母に言った。

「ヘルパーさん、やめてないらしいよ。私、前のヘルパーさんがいた会社に行ってみたんだよ。そしたら、浅丘さん、まだ働いてるって言ってたよ。事務やってるみたいな、女の人と、うちに前来てた、介護用品のベッドとかの手続きにきてた男の人も会社にいて、その人も、まだ浅丘さん働いてるって言ってた」

祖母は、とても驚いた顔をしていた。しばらく考えて、そして、ぽつっとつぶやいた。

「……そうかや……、ばあちゃんの勘違いだったか……?」

記憶を探るように、首をかしげて。

祖母も、自分の記憶に自信がないように見えた。

記憶力が良くて、状況判断が的確な祖母だった。そして、人間関係や裏側の事情も汲める聡明さがあった。その上とぼけて、自分は何もわかりませんというような顔をして、後ろを向いて舌を出すようないたずらな面もあった。そんな祖母も、年を取るのだなと感じた。

私も判断がつかずに、この件はもうこれ以上どうしようもないと思った。

祖母が目の手術をすると予定していた冬、朝に、隣に住む奥さんがいつものように祖母の様子を見に来てくれて、勝手口で倒れている祖母を発見した。

救急車で運ばれ、命はとりとめたが、脳梗塞を起こしたらしく、機能障害が残るだろうと入院した日赤の担当医師が言った。近所に住んでいて、なにかと祖母を気にかけてくれている、祖母の姪であるおばさんたち（タケ子さんとフジ子さん）も来てくれて、日赤で一緒に話を聞いた。

祖母が高齢（九十四歳）であることから、無理な延命治療はしないということになった。

いつも、「なかなかお迎えが来ない」、数年前に祖母が倒れた時も「いよいよ死んだかと思ったけど、目が覚めたら生きてた」とあっけらかんと言っていたくらいだから、胃ろうなどの延命処置は望まないだろうと、おばさんたち（タケ子さんとフジ子さん）の考えもあった。

点滴で、もって、

「おそらく、桜は見られるかもしれません。でも、夏まではもたないでしょう」

医師は言った。

祖母は、このまま寿命が尽きるのを待つことになった。

ふだん病院に関わることのない私は知らなかったのだが、医師とは別に、ケースワーカーの方がついてくれた。患者と医師との橋渡し的な存在らしい。忙しくて浮世離れしている印象のある医師に対し、ケースワーカーの方は、もっと身近に感じた。祖母の場合は、男性のケースワーカーさんがついた。日赤は、救急患者を優先させる病院らしく、祖母の症状が安定すれば、転院することになると言われた。

祖母は、以前から近所のクリニックのお世話になっていて、高齢の、圧の強い女医先生が祖母の主治医だった。

「トヨさん（祖母の名前）は、どうしてこんなにしわが少なくて、お肌がつやつやなのっ!?」といつもその女医先生は感心していた。

　ストレスが少ないとか、よく寝てるからか、とか、私は心の中で答えていたが、言葉にはしなかった。確かに祖母は、肌が白くてしわがなくて、きれいだった。祖母自身は、目が一重で小さいこととか気にしていたが、鼻は小さくて鼻筋は通っていたし、派手好きだったし（?）、……私はもっと、祖母のことを言葉にして褒めてあげるべきだったのだろうか……?

「やはり転院先は、なじみのあるところの方が、おばあちゃんも良いと思いますよ」

　ケースワーカーさんのアドバイスにより、まずは主治医の先生がいるクリニックに転院の伺いをたててみることにした。

　ケースワーカーさんから転院先に問い合わせていただくこともできるみたいだし、本来なら個人経営の地元のクリニックで、末期の患者さんの看取り（?）みたいなことは簡単には頼めないみたいだけど、ずっと何十年も地元でお世話になり、風邪をひいても、高血圧でも面倒見てもらってきたところだから、

「きっと、おばあちゃんを最期までみてくれると思いますよ」

　ケースワーカーさんは言った。

　クリニックには、私がお願いに行った。電話で事情を説明し、会っていただける時

間を予約して伺うと、

「トヨさんの面倒は、最期までうちでみましょう！」

笑顔の女医先生がすぐさま快諾してくださった。

入院に必要なものを看護師さんから説明を受け、タオルやらなにやら、祖母の家に関して私よりはるかに詳しいタケ子さんとフジ子さんたちにお世話になりながら用意した。


転院の日は、日赤からクリニックまで、ベッドで運んでいただき、祖母はクリニックの個室に入院した。個室については、私から特に要望したわけではないのだが、クリニック側の配慮だったのか、よくわからない。あまり詳しく追及するのは無粋かと思い、ありがたく従った。

部屋は窓が広くとってあって、けれど、直射日光が当たる角度でもないようで、明るく感じの良い部屋だった。

入院してすぐは、祖母は担当の看護師さんをヘルパーだった浅丘さんと間違えたようだった。

「私のことを、浅丘さん、と呼んで、……あぁ、来てくれたのねって、言っていました」

浅丘さんは、祖母のヘルパーさんの名前だと私が伝えると、

「では、まちがえたのでしょうね」

と、看護師さんは笑っていたけど。

私は、祖母の浅丘さんに対する想いを改めて感じ、申し訳ないような、せつないような気分になった。

祖母には、三人の子供がいた。長男である父と、次男であるケンジ叔父と、その間に、幼少の頃に亡くなった娘がいたらしい。

やんちゃな叔父と対照的に、父は「クソ真面目」と言われていた。母があきれて話した父のエピソードにこんなのがある。父の運転する車に母が同乗して出かけていた時のことらしいが、信号機のない横断歩道で、歩行者が横断しようと待っていたのに、父が気づくのが遅くて素通りしてしまい、その先で、たまたま警察官がいたらしい。父はわざわざ車を停めて、「そこの横断歩道で歩行者がいたのに、気づくのが遅れて止まらずに素通りしてしまった」と警察官を呼び止めて、自己申告したという。

「警察の人だって、困るわよね？　……そんな、今更言われたって、……」

母は、「ばかじゃないの？」くらい言いたげな様子であきれていた。

父は、（一応）警察から注意を受けたらしいが……、私も、父の、不器用というのか、あまりにも非合理的な行動に、あきれた。そして、なんとなく、自分にも遺伝しているのではないかという、若干の不安を覚えた。

そんな父を、祖母は頼りにしていた。父は県内でも有名な進学校に通っていて、卒業後は東京の会社に就職が内定していたらしい。それを、祖母が、

「長男なんだから、家の面倒をみてもらわなきゃ困る」

と反対し、父は県の公務員試験を受けて合格し、公務員になった。そこで母と出会うのだから、私からはなんとも言えないけど、その話を父から聞いた母は、親の横暴で息子の進路を邪魔するようなやり方に、憤りを感じたようだった。私から見ても、母と祖母は相性が合わないように見えた。

ただ、父のお通夜の時、ケンジ叔父と一緒に我が家に来た祖母が、座敷で寝ている父にすがりついて、「たかし……、たかし……」となんども呼んで、父の頬とか、治療で髪が抜けてしまって、痩せて小さくなった頭とか、なんどもさすっていたことを

思い出す。父は穏やかに微笑んでいて、当たり前だけど、その表情が動くことはなかった。

定年まで勤めた父は、その後二年くらい他のところで働き、やっと老後を楽しもうかとしていた矢先に、原因不明の体調不良になった。病名が分かったのは亡くなる少し前で、悪性リンパ腫だった。その中でも、珍しいタイプ（？）のリンパ腫だそうで、病名が判明した時点で、もう余命はないというか、いつ死んでもおかしくないような状態だったらしい。それでも、お盆のお休みには、私の家族と妹の家族とみんな集まって、父も久しぶりに外泊が許されて自宅に帰ってきて、優しい時間を過ごせた。その頃はまだ元気だった祖母は、すでに一人暮らしをしていたが、自宅の畑で野菜を育てていて、夕食には祖母の育てたトマトがあった。父は、「うまいな」と言って、そのトマトを食べた。

「こういうのが良いんだ」

と父は言って笑った。

その翌週、亡くなった。

祖母がクリニックに入院してからは、やはり近所でなじみのあるところだからか、親戚や祖母の友達や、ケンジ叔父の（離婚した）元奥さんである美代子義叔母なんかが、ちょくちょくお見舞いに来てくれた。

ある時、祖母の生家（本家）のお嫁さんがお見舞いに来てくれたことがあった。

「もうブロッコリーを植えたって話したらね、『えらい早く、よく植えたじゃない』って言って、……おばさん、しっかりしてるね？」

祖母は後遺症で、うまくしゃべることはできなくなっていた。俗にいう、ろれつが回らない感じで、音は出せても言葉として発音できない。けれど、普段祖母と話していた人たちには、多少（？）発音が悪くても、言葉として理解できるようだった。

「言葉が話せなくなったって聞いてたからね、もっと、意思疎通ができないのかと思ってたんだけど、全然、頭はしっかりしてるね……？　こっちの言ってることもちゃんと理解してたし、今がブロッコリー植える時期だとか、そんなことも入院してるのにちゃんとわかってて、……すごいね！」

脳梗塞というものがどういう病気なのか、言葉は知っていても、私はもちろんあまり理解はしていなかった。脳の血管がどうかなって、命が助かっても脳に障害が残るらしい、とか、その程度の知識。

祖母の様子を見ると、言語機能に障害はあるけど、記憶とか理解とかは特に障害があるようには感じなかった。

私も、週末には祖母の入院している病院に通った。

ベッドに寝たままでも入れるようなお風呂があるらしくて、お風呂に入れてもらった時は、「気持ちよかった」と、祖母が喜んでいた。


祖母の余命宣告（？）もあったので、私は普段は交流のない、東京に住むいとこたち（ケンジ叔父の子供たち）にも連絡をとった。

子供の頃は埼玉に住んでいたいとこたちは、長期休みには祖母の家に泊まりにきていた。かなり長く滞在していたと思う。昔は、私たち以上に祖父母とは親しかったと思うので、なんとか長男のゆうじには連絡をとりたいと思った。本当は、母がきちんとゆうじの連絡先を把握していれば良かったのだけど、ずっと公務員で事務仕事は得意だったはずの母は、そういう管理はできていたと思っていたのに、母から聞いたゆうじの携帯に電話をかけたら、知らない人がでた。

母のメモや電話帳を調べ、なんとかゆうじに連絡が取れた。

やはりゆうじもおばあちゃん大好きだったみたいで、忙しい合間をぬって、祖母のお見舞いに来てくれた。

お互い大人になると、こんなことでもなければ会う機会もないのが現実だ。

そして、それまでよく知らなかった、いくつかの事実が明らかになった。


ケンジ叔父に、私と同じくらいの年齢の愛人がいたことは、以前母に聞いて知っていた。父が入院していた時、お見舞いに来た叔父が同伴していたらしい。さすがに父の病室まで連れてきたりはしなかったようだけど、母は見かけて驚いたと言っていた。

「でも、……感じの良い人に見えた……」

と、その女性の話をする時、母は複雑な表情をしていた。

父の弟であるケンジ叔父は、父とは異なる華やかさがあった。明るくて軽くて人当たりが良くて、物事をあまり深く考えないタイプだと思う。見た目も良いので、私の結婚（再婚）の時にケンジ叔父に会った姑は、すぐさま叔父にほだされていた。

叔父に愛人がいることを話した時も、

「あんな、素敵な叔父さんなんだから……、（仕方ないわよ）……」

と、むしろ認めるような発言には若干引いた。

どうなの？　世間的に、見た目ってそんなに大事なの？　確かに叔父は、女好きのする顔だと思うけど、お義母さんから見てもそうなのっ?!　と、心の中では盛大につっこんだが、訊けなかった。


ケンジ叔父が離婚したことは聞いていた。

私は、叔父の浮気が美代子義叔母にばれて、それで離婚したのかとなんとなく思っていた。でも、どうやらそうではなく、叔父が亡くなった時に借金があって、それを知ったゆうじが、義叔母に離婚を勧めたと言っていた。美代子義叔母は、叔父の借金も自分が背負うと言ったらしいけど、「そんなことをする必要ない」とゆうじがつっぱねて、縁を切らせたと。そして、ゆうじたち兄弟は相続放棄をしたらしい。

美代子義叔母が、昔からケンジ叔父のことを大好きだということは、感じていた。

その話を聞いて、やっぱり今でも大好きなんだな、と思った。

わがままで、誠実でなくて、いいかげんなところがあった叔父。

それでも、明るくて、前向きで、人と関わることが大好きで、そんな叔父のことが、義叔母は、裏切られても、ずっと好きだったんだな、と思う。私は、美代子義叔母が好きだった。

叔父の相続放棄の手続きは、兄弟の分も含めて（?）、長男のゆうじがやったらしい。そして、次男の、ゆうじの弟のケンタは、なにかの（やばい感じの）トラブルに関わっていて、直接連絡がつきにくい状態になっているらしい……（!?）

ゆうじは「自分から連絡はとりたくない」と言った。

ゆうじはどちらかというと美代子義叔母に似ていて、その弟のケンタは、ケンジ叔父に似ていた。

ケンタとは、もうずいぶん前に、祖父のお葬式で会っただけだと思う。

当時、神奈川県に住んでいた私を、駅までケンタが迎えに来てくれた。

その時、ケンタは（確か）二回目の結婚をしていて、トラックの運転手をしていると話した。

「トラックは、自分で購入しなくちゃいけなくて、その借金がある……」

と、ケンタが言っていた。

私が最初の結婚をしていた時、一年間だけヤクルトの販売員をしていたことがある。

小さい子供を抱えて、母親が働くというのは大変で、ヤクルトの仕事は、そんな女性でもできる数少ないものだった。

通称ヤクルトレディは、従業員や社員ではなくて、(個人の）小売店という扱いだった。つまり、ヤクルトの商品を仕入れ、指定された販売価格でお客さんに販売する。会社や商店街などで顧客が多いエリアは、合理的に販売することができるから、ある程度個人の裁量で時間調整できるこの仕事は、やり方次第で働きやすいものらしい。ヤクルトレディのための託児所もあって、小さい子供のいるお母さんも安心みたいだった。私は、すでにうちの子供たちが通っている幼稚園があったので、そのまま通わせていたけど。

ただ、農地などがあるようなエリアになると、移動距離だけが多くて時間がかかるのに、ほとんど会社や事務所がないから一度に多くの人に販売できるような機会も少なく、月極めのお客さん以外は住宅を訪問してもいつも購入してくれるとは限らず、効率も悪くて儲からない、ということになる。

そういうエリアは続かずにすぐに人がやめてしまい、私が与えられたエリアは、そんな場所だった。

ヤクルトの社員さんから、初めての三輪バイクを教えてもらい、「一年間は続けてほしい」と言われ、とりあえず始めた仕事だった。

雪が降ればヘルメットの前が見えなくなり、冬は手がかじかみ、おつりが持てなかったり、夏は暑くてボロボロになり、雨が降ればカッパを着てびしょぬれになりながら配達し、花粉の時期は、私は花粉症なので、死ぬかと思った。大げさでなく、日本にこんな過酷な仕事があるのかと思った。そして、時給にしたら、百円になるかどうか。

トラックの運転手も、種類は違うかもしれないけど、たぶん理不尽で過酷な仕事なのだろうな、と想像した。きっと、そういう業界も、うまく働けるところと、割に合わないところがあって、良いところはきっと誰もやめないから続くけど、人が入れ替わりするようなところは、きつい仕事だったりするんじゃないかな、と思った。

私は、たまたま月極めのお客さんからの紹介で、別の事務の仕事に就くことができたので、一年でヤクルトの販売をやめられた。

でも、ケンタがどうしてトラブルに巻き込まれるようになったのかは、その経緯はわからないけど、あまりこつこつ真面目に働くタイプではなかったと思うし、一度そういう状況になってしまうと、理不尽から抜けるのは、なるべく腐らずに真面目に積み重ねていくしかないと思うから、ケンタには難しかったのかな、と悲しかった。

とにかく、ケンタは三人目の奥さんとは離婚したらしかった。

ただ、唯一美代子義叔母とは連絡をとっているようで、そこはやはり親子なのだな、と安心した。

東京で働いていたケンジ叔父は、会社を退職してから、しばらく安曇野で祖母と暮らしていた。

そして、病気になって、東京の病院に入院した。

東京に行く前に、祖母のお金を黙って持っていったらしく、祖母は少しの間荒れていた。

ゆうじの話では、入院してからも、叔父はやっぱり自由だったらしい。亡くなる間際まで、タバコを吸ったり、病院を抜け出して近くのカフェでお茶したりしていたとゆうじは言った。

亡くなったあとは、叔父の葬儀はやらずに、火葬だけで済ませたそうだ。

ゆうじの妹は、自分とたいして年が変わらない叔父の愛人のことを知って、叔父に対して拒絶反応を起こしたようだった。

叔父の火葬の時には、ゆうじの妹と、叔父の愛人の女性も列席したとのことだが、

「お互い愛想笑いして、なんかこわかったよ」

と、ゆうじが苦笑しながら言っていた。

叔父の一周忌はどうしてもやると祖母が譲らず、祖母が主となって、暮れの少し前に、祖母の家で菩提寺の住職に来ていただき、行った。

年が明けて、少しして、祖母が勝手口で倒れていたのが発見されたのは、そんな頃だった。

ケアマネの野村さんの勧めで、私は祖母の成年後見人になることにした。

祖母の身内は、息子である父もケンジ叔父も亡くなっているので、祖母の相続人は、父の娘である私と妹、ケンジ叔父の息子たちと娘の、五人になる。県内に住んでいるのが私だけなのと、いとこの中で最年長ということで、必然的に私に白羽の矢が立った。

祖母の入院費を支払う時に、祖母の口座からお金を引き出すのが大変で、成年後見人になれば、本人の代わりにそういうこともできるのだと言われた。

ちなみに、祖母は、近所の農協にお金を預けていた。本人からの承諾があれば、お金を引き出すことはできるというので、入院費を払うために、農協の職員の方が病院に来てくれた。農協では、高齢の利用者のお宅に訪問して、いろいろサービスしてくれるようで、祖母と担当の職員さんは、親しいようだった。祖母が脳梗塞の後遺症で、意思疎通が難しくなっていると話すと、最初農協も難色を示していたが、とりあえず担当の職員さんが来てくれるということになった。私は同席できなかったのだが、職員の方の話では、祖母は口座の残高も正確に把握していて、

「最初は心配しましたが、思った以上におばあちゃんしっかりされていて、きちんとご本人の承諾も得られましたので、お支払いの手続きは問題なくできます」

と感心していた。

そんなわけで、私は成年後見人の申請をすることになった。安曇野は、松本の管轄だった。もともと、私はそういう法律系のことは苦手ではないので、会社を休んでは、松本簡易裁判所に通ったり、梓川の成年後見支援センターに通ったりした。

成年後見人になるのに、必要な書類がたくさんあった。

私は、父やら叔父やら、祖母の戸籍謄本やらなにやら、様々な事務手続きに追われた。

そして、そんなことを通し、今まで知らなかった祖母のことを知った。

祖母には、タケ子さんと、フジ子さんという、姪と言われるおばさんたちがいる。旧家の末っ子だったという祖母は、一番上の姉とは二十歳も離れていたらしい。祖母が子供の頃は、そんな姪っ子たちの子守をしていたようだ。おばさんたちは、祖母は子供の頃とても頭が良かったと言っていた。

祖母は、小学校を卒業後、（たぶん関東のどこか）街に働きに行っていたと聞いたことがある。確か、なにかの工場で働いていたと思う。そして、地元に戻ってきて、祖父と、たぶん見合いで、結婚した。長男である父は、祖母が二十歳の時の子だった。

祖母が生まれてから今までのすべての戸籍が必要になり、祖母が結婚前までいた池田町でも戸籍を取ることになった。幸い今の祖母の家がある安曇野の隣の町だったので、遠くまで行かなくてよかったのは、助かった。

祖母の戸籍を渡してくれた職員の女性が、

「この方は、一度離婚されて、同じ男性と再婚しているんですね？」

と言った。だから、少し普通より量が多いですよ、みたいな感じで。

私の親は共働きだったので、私が子供の頃は、長期休みになると、父方か母方の生家に預けられることが多かった。

祖母は当時会社に勤めていて、祖父は自宅で床屋をやっていた。のどかな田舎の町の、常連さんしか来ないような一人でやっている小さな床屋で、祖父はよく常連さんと囲碁をしていた。そこに別のお客さんが来ると、囲碁の勝負がつくまで待たせて、一緒に観戦していたり、「じゃ、もう少ししたらまた来るわ」と言って帰ったりしていた。私はその横で、お店の椅子に座って、店に置いてあるマンガを読んだ。

祖父は車を持っていなくて、買い物に行く時は自転車を使った。私をうしろに乗せて、近所のスーパーに夕飯の買い物にいったり、池の鯉の稚魚を買いに、やはり私をうしろに乗せて、自転車で出かけたりした。家の庭に池があって、錦鯉が何匹か泳いでいた。

秋には、祖父と稲刈りの終わった田んぼにいって、イナゴを捕った。

手拭いを祖父がザクザク縫って袋にして、それを持って、稲の切り株が残っている田んぼに行った。

イナゴは殿さまバッタに似ているけど、刈ったあとの田んぼにいるのはおそらくイナゴだろうという私の認識だった。

「殿さまバッタはうまくない」

と祖父は言っていた。

イナゴに混じって、黄色いバッタもいて、祖父はそのバッタを「アブライナゴ」と呼んだ。

「アブライナゴはうまいんだ」

家に帰って、大きな鍋を火にかけて、醤油と、（おそらく）みりんを入れて煮立て、袋に捕ってきたイナゴを一息に鍋に入れ、すぐさま蓋をした。祖父が蓋を押さえている間、中でイナゴがはねる、バンバンという音がしていた。しばらくして音がおさまると、祖父は鍋を揺すってなじませて、それから、出来立てのイナゴを味見させてくれた。普通においしくて、私はたくさん食べた。

私の知っている祖父は、いつもにこにこ笑っていた。

そんな祖父だったが、若い頃はずいぶんやんちゃをしたらしい。

理容協会だかの県の理事長（？）だかまで務めたという祖父は、昔はとても羽振りが良く、街に飲みにいっては、芸者を両手に抱いて帰ってきて、当時住んでいた小さな家で飲みなおしたりとか、私から見たら信じられないような武勇伝があった。

「宵越しの金は持たねえ」

といって、格好つけていたそうだ。

祖母は、お金があると祖父が使ってしまうので、まとまったお金が入ると、すぐさま土地を買ったと言っていた。荒れ地を子供だった父と二人で耕して、田んぼにした、と聞いた。

父は、おそらく反面教師であんな性格に育ち、叔父は、見事に祖父のやんちゃを受け継いだ。

祖父は自身の兄弟の中では年少の方だったらしいが、祖父の母親という人がなかなか凄い人だったらしく、兄嫁たちからまわりまわって、祖父の家に同居していたようだった。祖母もだいぶいびられたそうだ。

「嫁の貰い替えはできるけど、親の取り替えはできない」

といって、祖父は取り合ってくれなかったと、祖母は言った。

「でも、ばあちゃんは、こなくそっ、と思ってね……。悔しくて、負けるもんかっ、て……がんばったんだ」

と、からからと笑った。

祖母の再婚の話をタケ子さんにすると、

「そういえば、いっとき、たかしさんを連れて、おばさんが家にいたことがあったわ」

と言った。

「今から思えば、あの時がそうだったのかもしれないね……」

そして、祖母の戸籍を見て、私がもうひとつ気になっていたこと。

祖母の生家は、名字が山中さんというのだが、祖母の戸籍に父親の名前はなくて、母親は、「望月さん」という人だった。

その話をすると、タケ子さんのご主人が私を誘った。

「そのことでね、えいこさんにも見てもらいたいんだけど、……おばあちゃんのお母さんのお墓にね、……一緒に行ってみてもらいたいんだけど……」

「お墓、知ってるんですか？」

「あまり遠くないからね、……よかったらね、一緒に……行ってみる？」

私はタケ子さんのご主人とともに、祖母のお母さんという人のお墓に行ってみることにした。


道を覚えていないので、私一人ではもう行かれないと思うけど、お墓は田んぼの一角にあった。おそらく一族が持っているお墓で、それ以外の人は入っていないのだろうと見えた。たまたま一緒に来ていた娘のなるもついてきた。

祖母の戸籍に書いてあった、祖母の母親と同じ名前の「望月さん」のお墓があった。没年月日と、没年齢が彫ってある。没年は、祖母の誕生年の数年後で、没年齢は、……高齢だった。

私はタケ子さんのご主人と無言で顔を見合わせた。

どう考えても、実母じゃないよね……？

たぶん同じことを考えている顔だった。

「おそらくだけどね、……おばあちゃんのお父さんの、……お姉さんとかだったんじゃないかな……？」

この、「望月さん」が、ね……？　と、また目線だけで確認する。

私は、だいぶ前に、私がまだ中学生か高校生くらいの時に、父が母にむかって言っていたことを思い出した。

「おふくろの親が違った……」

なにかの手続きで、父が祖母の戸籍を取った時だった。「私生児が……」と母が言っていたように聞こえた。その時は特に興味もなくて、聞き流していた私だったが、

「家に、お手伝いさんがいたんだよな」

と父が言った。

「あの人が母親だったのかもしれないな……」

「おばあちゃんの名前は、『望月さん』と言ったの？」

私はタケ子さんに聞いた。

「そうだよ」

「だったら、おばあちゃんは、自分が『山中さん』じゃないことは知ってたんだよね？」

「……そうだよ」

父は、戸籍を見るまでそのことを知らなかったようだった。

祖母は、自分が私生児（?）だと知っていた。

前に、祖母は自分の家のことを、裕福な旧家だと、少し自慢げに言っていた。自分は、そこの末っ子だと。

今となっては確証はないが、その、旧家のご主人が、お手伝いさんに手をだして生まれたのが祖母だったのではないか……？　タケ子さんのご主人も、そんなことを匂わせた。

祖母は、旧家だといっていた家の末っ子の女の子で、小学校を出て、都会に働きに行った。

今まで漠然と感じていた違和感が、形になったように思えた。

……言葉にならなかった。

母方に比べて、父方の家は、どこか取り繕ったようなものを感じていた。

なるほど、……と思った。

もう、祖母は言葉を話すことができない。

祖母の子供は、もう誰もいない。

私は、……何も知らなかった。

……祖母は、たくましいな、と思った。……強いな、と思った。


成年後見人の手続きは通常時間がかかるらしく、半年はかかると言われていた。今回は、祖母が高齢で、寝たきりになるだろうということで、成年後見支援センターの担当さんのアドバイスで、裁判所の担当の方に状況説明の手紙を書いて申請書に添えた。ありがたいことに、比較的早くに、三月の半ばには、裁判所の面談が行われた。

その後、法務局で登記の手続きをし、だいたい開始から二か月半くらいで、成年後見人と認定された。

その場ですぐにすべてが完了するわけではなく、成年後見人の証明書をもらえるようになったのが、四月に入った頃、そして桜が散った後に、祖母は息を引き取った。

祖母が亡くなったあと、おばさんたち（タケ子さんとフジ子さん）が、祖母のヘルパーさんだった浅丘さんに連絡してくれた。やはりその方はご主人の転勤で引っ越していて、ヘルパーの会社もやめていた。

祖母が正しかったのだとわかった。

私が祖母を信用していないような発言をしたことに、今更ながら申し訳なく思った。

力の弱いものが守られずに蝕まれることは、人間はずっと前からそうなのだろうか……と思う。

……祖母は、悔しかっただろうな、と思った。

そういうことは、ある。……現実に、ある。

介護の世界では、特にあるだろうと思った。

それが現実だ。良くはないけど。悲しいことだった。

＊
＊
＊

事故のあと、母は、車がなくなってやる気もなくなってきたようだった。新しい車は八月まで届かないので、歩いて用を足さなければならなかった。外に出ない日が増えたようだった。

母は、買い物やゴミ出しの時など、シルバーカーといわれる手押し車を使っていた。父が亡くなってからも続けていた読み聞かせのサークルは、いつのまにかやめていた。糖尿病があるのでずっと長いこと続けていたウォーキングもいつのまにかやめていた。

いつから自力で歩けなくなったのだろう？　知らないうちにだんだん衰えていた。

お盆になって、レンタカーが届いた。お盆に妹が来ることになっていたので、母が頼んだのだろうか……？

車はやはり、妹のために母が手配していたものだった。妹たち（妹とその息子）がいると母も緊張しているみたいで、心配していた運転も、特になにごともなかったようだった。もっとも、主に運転していたのは妹の方だったようだが。

そして、レンタカーを返した日、母が運転免許証を無くした。

妹からその話を聞いた時、母は、「レンタカーの中も何回も探したんだよ。でも、どこにもないの」と落ち込んでいた。レンタカーを手配してくれたマツダのいつもの担当さんにも話をして、もし見つかったら、母より先に私に連絡してほしいとお願いした。

私はすぐに地域包括支援センターの倉田さんにも連絡した。倉田さんもとても心配してくださった。活力あふれる倉田さんの行動力や、情を理解していながらも客観的で冷静な判断ができる知性的なところなど、いろいろな点で私は彼女を信頼していた。地域の担当が倉田さんのような方で幸運だと思った。

母の運転免許証は、案外あっさり見つかった。やはりレンタカーの中に落ちていたらしく、ドアと椅子の隙間のようなところにあったようだ。「わかりにくいところにあったのですが、見つかってよかったです」と電話をくださったマツダの担当さんがおっしゃった。

仕事終わりに私がマツダの店舗まで取りに行くことにして、免許証が見つかったことは、母には黙っていてほしいとお願いした。

人としての線引きをどこに引くのか、これが他人だったり、現役で働いているような大人だったなら、母を騙すような仕打ちをしているという自覚は私にもあった。ただ、半年で車を何台も廃車にする状態を知っていて放置するというのは、社会的にみて、身内に対しても責任を追及されるようなことなのではと思った。母の心情から考えたら騙されるなんてとんでもないことだろうが、母は自分の状況を客観的に判断できなくなっているのはどうもその通りなので、ここは「うそも方便」が通る場合である、と判断した。

マツダの担当さんは、彼が新人だった時に父の担当になり、そのあとずっと我が家と長いつきあいをしてくださっている方だった。母のこともとても心配してくださり、なので、「母には免許証が見つかったことを黙っていてほしい」、という私の要望も受け入れてくださった。父がクソがつくほどまじめな人だったので、生きていたら父ならどうするか、と考えてくださったのかもしれなかった。

地域包括支援センターの倉田さんは、母のところに寄って話をしてくださったようだった。倉田さんより電話があり、「やっぱりお母さん、車の運転をやめる気はないみたい」とがっかりしていた。

その翌日、母に新しい車がきた。

新しく来た車を、母は喜んでさっそく運転していたらしい。午前中様子を見に来た民生委員の鈴木さんが見かけ、母が免許証を無くしている件も知っているので、「免許不携帯になるよ」と注意してくださったようなのだが、母は気にせず車ででかけてしまったらしい。

民生委員は地域包括支援センターとも連携しているので、鈴木さんが倉田さんに相談し、倉田さんが困って交番に相談したところ、交番の署長さんも協力してくださることになったようで、再び、倉田さんから私に電話がきた。私は仕事中だったのだが、祖母のことから母のことから、会社にもその都度事情を説明していたので、私が会社の廊下の隅で電話をしていても、黙認してもらっていた。

たまたまその日が、母が「マクラメ」という手芸を習っている教室の日だったので、そのことを倉田さんにお伝えすると、警察の方に見回ってもらって、母がまた免許証不携帯で運転しているようなら、交番の署長さんから注意してもらうという話になった。

「昨日も高齢者の事故のニュースがあったでしょ？　……あの加害者が、京子さんに重なってしまって、どうしても他人事と思えなくて、なんとかできたら……！　と強く思ってしまってね……」

倉田さんはおっしゃった。家族以外でそう思ってくださる方がいるということは、ありがたいことだった。

倉田さんのシナリオはこうだった。

マクラメに向かう母を、たまたま（?）周辺を巡回していた交番の署長さんが見かけ、地域の安全のため（?）呼び止めて、念のため（?）、免許証を携帯しているか確認する、というものだ。

このところお年寄りの事故のニュースもよく目にするし、交番のお巡りさんが地域を見回り、お年寄りに声をかけて免許証の確認をするのも、不自然ではないように思えた。

けれど私は、「そんなにうまくいくかな?」と半信半疑だったので、仕事中はすっかり頭の隅に追いやり、忘れていた。

午後も少し過ぎた頃、職場で、私の机上の内線が鳴った。ふだん内線が鳴ることはめったにないので、私は少し意外に感じながら受話器を取った。

「あ、えいこさん、なんか、南警察署の交番？　……の方から電話がきてます。……お母さん？　のことで……？」

電話を回してくれた同僚の妃さんの怪訝そうな声に、最初は「警察……？」と思った私も、ようやく倉田さんとの話を思い出し、さっそく忘れていたのんきな自分にあきれながら、「まさか、本当にうまくいったとか……？」と電話を代わった。

受話器の向こうから、知らない男性の声と、その背景で喚いている母の声がした。

「南警察署管内の……交番ですが、お母さんが免許証不携帯で車を運転されていて……」

「……ちょっと！　えいこは関係ないって言ってるでしょ？　……えいこは仕事中なの!!　……あの子は関係ないんだから、……ちょっとやめてよ!!」

「……」

どうも、倉田さんのシナリオはうまくいったようだった。

母の泣きそうな声がせつない。

不安を煽るように、最近も、お年寄りの事故のニュースが多かった。

母は、半年の間に、事故で二台の車を廃車にして、その前も、家の駐車場に入れられなかったりで、車をあちこちぶつけて修理が追いつかなくなっていたり、いつ、もっと大きな事故を起こしてもおかしくないと、それまで人身を起こしてないのが単なる幸運だと、誰もが思っていた。本人以外。

母に対して、倉田さんも、免許を返納した方がいいと言ってくれていたし、民生委員の鈴木さんも免許証が見つかるまではせめて運転は控えるようにと忠告してくれていた。

それでも、気づけないのだろうか……？

自分を客観的に見ることは、それほど難しいのだろうか……？

年を取るということは、そういうことなのだろうか……？

ぐるぐる考える。

私は、とりあえず実家に行くことになった。

「母が警察に捕まった？　みたいで、……免許不携帯で……」

早退するため、部長に申請に行くと、我が家の特殊な奇行（？）の数々を見てきているおかげか、

「免許証の不携帯ってことは、別に事件とか事故ではないんだね……？」

と、すぐさま印を押してくれた。

実家に着くと、民生委員の鈴木さんの姿が見えた。「あぁ、ついていてくださったんだな」と感謝する。

「さっきまで、倉田さんも一緒にいてくださったのだけど、次の用事があるからって、さっき戻られてね……」

鈴木さんが説明してくださる。

忙しいのに倉田さんもいてくださったのだ、と温かい想いになる。

玄関先に、明らかに警察官に見える男性がいた。

まずは、大きいと思った。私も母も小柄な方なので、縦にも横にも三まわりくらい大きく見えた。威圧感があって、その人が家の中にいる母に、大きな声で言っていた。

「車の鍵を渡してください！」

見ると、家の駐車場に車はすでに停めてあった。

署長さんの話の内容からは、免許証が見つかるまでの間は車の運転は控えるように諭されていて、けれど、民生委員の鈴木さんや、地域包括支援センターの倉田さんの話では、どうも母は内緒で車を運転してしまうようで信用できないから、その間車の鍵を預かっておく、というようなことだった。

家の中の廊下のところで憮然とした表情をして母は立っていた。

母はやがて、黙って部屋の中に引っ込むと、車の鍵を持ってきて、署長さんに渡した。

「これだけ？　……スペアキーもあるでしょ？　全部だよ」

署長さんが低い声で言って、しばらく黙って睨みつけていた母は、諦めたのか、もう一度部屋に戻ると、スペアキーを持ってきた。

黙って手渡す。

署長さんは「あったじゃない」と言って受け取った。

母は、廊下の奥へ何歩か下がった。部屋につながる開いているドアの前まで戻ると、横を向いてしばらく黙っていた。そして、

「……くそっ!!」

母の口から、今まで聞いたことのない言葉がでた。

母はそのあとは何も言わず、部屋に消えた。

私はパトカーに先導されて交番に行った。

なんとなく、犯罪者の気分がした。

交番に着くと、署長さんはあっさり鍵を返してくれた。鈴木さんや倉田さんから話を聞いているらしく、

「免許証は、客観的に見て、できれば返納した方がいいね」

とアドバイスをくださった。

私は、母の詐欺被害のこともお話しした。

「お父さんは県の職員だったの？」

と聞かれ、「だったら、退職金は、少なくとも、……」とぶつぶつ言っておられた。

私は、どうも昔から金銭感覚が疎くて、正直自分の給料も正確には把握していない。だいたいざっくりこのくらい、な感じで、当然家計簿なんて、つけたこともないという体たらくだ。だから、父の退職金についても、たぶん、母や妹から聞いていたと思うが、右から左というか、馬の耳に念仏というか、くらいの記憶力……。

おそらく、署長さんの話から、結構な金額の被害だろうと予想された。

「ただ、被害届というのは、被害にあった本人から出さないといけないんですよ。……お話を聞く限りでは、お母さんは、被害にあったと認めてないんでしょ？　……」

署長さんの言う通り、母は頑なに詐欺とは認めようとしなかった。

母は、「あのお金は、そのうち返ってくるの！」と言い張っていた。

署長さんの話では、母のような人は結構いるようだった。つまり、詐欺の被害にあっても、それを認められずに泣き寝入りするということだ。私には、理解が難しいことだが、弱みを見せるとか、負けを認めるとか、そういうことが自分に対して許せない気持ちを持つ人がいるということは、知っていた。残念な気がするが、母はそういうタイプの人だった。

詐欺にあったお金が戻ってくることは、やはりなさそうだった。私には、正確な金額はわからないが、一般的に、悔しいと感じるくらいの金額ではあるらしかった。けれど、私にもいくつかの欠落している何かがあるようで、「悔しい」という気持ちもたぶん私に欠落している何かなのだろうな、と思う。取られたものは、取られるべきものだったと、どうしても感じてしまう。見ず知らずの詐欺の誰かが盗ったのだとはわかるのだけど、その人もきっと、（私よりは？）普通の人なんだよな、と思ってしまう。

ちょっと話が飛んでしまうけど、最初の結婚の時、私も詐欺にあったことがあった。

当時、離婚をしたくて、なんとか自立する道を模索していた私に、ある日、知らない人から電話がきた。女性だった。声に特徴のある人だった。そして、訪問販売とか、キャッチセールスとかの人に多い、特徴的なしゃべり方をしていた。あの、独特の軽いしゃべり方といって、通じるだろうか？

会社員として結婚前に働いていた時からの習慣で、私は電話を受ける時に、メモを取るくせがあった。

その電話は、内職のあっせんだった。しぶる私に、女性から男性に電話が代わった。

「実際、その内職で、儲けって出るんですか？」

と、私は率直にその男性に聞いてみた。

内職の内容は、百貨店とかの顧客情報を名簿に入力するというものだった。最初に資料やマニュアル（？）なんかを五十万円で買い、期限内に与えられた顧客情報を、決められたフォーマットに入力し、メールで返送するという仕事だ。

「入力に個人差があるのでなんとも言えませんが、慣れてくれば月に数万円稼ぐ人もいますよ」

男性は言った。男性は、普通の人のように聞こえたし、まずはやってみないとわからないと思ったので、私は了承した。

一応旦那に話したら、「それは、詐欺だ」と言われた。離婚するためのわずかの手がかりでも欲しかった私は、その言葉を無視して実行した。

結果は詐欺だった。子供のことや家事の合間をぬって、必死に期限内に間に合うように入力した。二回目の入力を返送したあとに、何も連絡が来なくなり、お金が振り込まれることもなく、連絡もつかなくなった。

旦那は、「そら見たことか」とは言わなかった。ママ友のご主人で警察官の人がいたので相談したが、「一度盗られたお金が戻ってくることはない」と言われ、「高い授業料だったと思って……」と慰められた。

不思議と悔しいとは思わなかった。

自分が情けないとは思ったけど、本当にそんな世界もあるのだな、と思った。不思議だった。

数か月して、また電話がきた。あの女性だった。独特の声と、特徴的なしゃべり方の。

「前に電話してきた方ですよね……？」

私は聞いた。

「あ、そうでしたっけ？　前にもお電話差し上げたことがあったかもしれませんね」

「でも、前の時は、違う名前でしたよね……？」

だらしない私は、数か月前に書いたメモを、そのまま電話機の横に置きっぱなしにしていた。今名乗られた名前は、ありきたりの名字だった。前回の名前は、ちょっと珍しい名字だった。

「……っ！」

受話器の向こうで、凍り付いたような気配がした。

「……！」

乱暴に電話が切れた。

やっぱり詐欺だったのか、と思った。心のどこかで、詐欺をしているのは黒幕な誰かで、電話をしてきている人は、何も知らないオペレーターさんなんじゃないかと思っていた。だから、電話をしてきている女性も、ある意味被害者なんじゃないかとか。

その女性は、自分が何をしているのかわかってやっていた。

普通に働くことも出来そうな人に聞こえた。見たわけでもないが、きっと健康で、人並みにいろいろできる人なのだろうと。けれど、彼女は、わかって詐欺をやっていた。

どういう心理かはわからなかったけど、そういう人がいることはわかった。おそらく普通に街を歩いて、普通に彼氏なんかもいて、休日には友達とランチをするような、そんな人が、サラリーマンのような顔をして、詐欺師をしているのかな、と思った。普通の人が、犯罪者なんだな、と。

交番を出ていったん実家に戻った。母は、「車に乗れないと困る」とか「鍵を返してほしい」とか言ったが、「免許証が見つかるまではダメだって、署長さんに言われたから」と断って、「明日も仕事だから」と言うと、母はそれ以上食い下がらずに帰してくれた。

警察とも相談し、鍵は私の主人が預かるという形をとった。母から私に何度か鍵を返してくれるよう催促され、私では母の押しに耐えられるか自信がなかったので、この形にしてよかったと思った。母もさすがに主人にはそこまで強く言えないようだった。けれど、週末で主人が休みの時に母から電話がかかってきて、大声で主人を罵倒するようなこともあった。「そんなにいじわるをして楽しいか!!」とどなる声が受話器からもれ、主人が苦笑していた。何も言わず憎まれ役をかってくれる主人に感謝した。

地域包括支援センターの倉田さんからの勧めもあり、免許センターに電話して事情を説明し、母がもし免許証の再発行をしに行っても、待ってもらえるようにお願いした。

電話を受けた女性から男性の職員さんに代わり、平田さんと名乗られたその方は、

「――京子さん……」

と母の名前を確認して、

「わかりました。こちらで控えておきますので、その方が来られたら対処します」

と言ってくださった。

とりあえず、今のところできることはやった。これでだめなら、またみんなで考えようと思った。

母を気の毒に思う気持ちもあった。本当は、どこかのタイミングで、自分で気づいて返納できれば一番いいのだと思う。そうできる人もたくさんいると思う。結果的に母を騙すようなことになってしまったが、ここで同情してはいけないとも思った。もし、最悪、取り返しがつかない何かかあれば、母も含めて、助けてくださっているみ

んなが苦しむ。

しばらく荒れていた母だが、家の駐車場に動かせない車がいつまでも置いてあるのがストレスらしく、

「乗れもしない車が家の車庫にあるなんて耐えられない」

と言い出し、車を手放すことになった。マツダの担当の営業さんは、「もし、今後、シニアカーなど買うことになっても、少しは足しになるように……」と言って、良心的な価格で下取りしてくれた。

母は免許も返すことにした。私も一緒に免許センターに行き、手続きを行うと、以前電話でお話しした平田さんが、奥から来てくださった。私より少し年上に見える、電話での印象通りの、真面目そうな方だった。

「お母さん、無事に返納できてよかったですね」

とおっしゃり、

「こちらで、……すべて返納の手続き完了しましたので……」

と笑顔で対応してくださった。

電話で一度お話ししただけで、きちんと覚えていてくださっているとは、正直期待

していなかった。すばらしい方にたくさん恵まれて、母は加害者にならずに、何十年にもわたる運転歴を終えることができた。

後日談になるが、免許を返納した後、テレビで高齢者の事故のニュースを見た母は、「まぁ、危ないわね……」と、感想をもらし、「私がそうならなくてよかったわ」と言っていた。真意のほどはわからないが、車を手放したことがいつまでも母の傷になって残りはしなかったようで、そこはほっとした。

＊＊＊

肺炎で倒れて、母が日赤に入院して、しばらくは耳がよく聞こえない状態が続いた。「突発性難聴」と言われ、近くで大きな声で話してようやく少し聴こえるようで、なかなかコミュニケーションが取りづらかったが、一週間ほどすると聴こえるようになってほっとした。

母の日記を読み返すと、このころ、『自分がカヤの外に追いやられている』というようなことを何回か書いている。

父が亡くなってから、母はいろいろなことに興味を失ったみたいな印象があった。祖母のことについても、ケアマネさんや、地域包括支援センターや、保健師さんや、誰が誰で、どういう立場かとか、理解しようとは思わないように見えた。母も公務員だったし、この手のことは得意分野かと思ったのだが、思い返してみると、これらの話をしている時、いつもぼんやりとしていたように感じる。

今から思えば、その時期少し耳が遠かったのかもしれなかった。もし聞こえなくても、理解できなくても、母に対して、「あなたのことを気にしているよ。考えているよ」という態度をもっと取っていれば、母もカヤの外に置かれた気持ちにはならなかったのかもしれない。

けれど、それまで積み重ねた数十年の母娘関係が、私たちの間に明確な壁となっていた。

母の入院中、ありがたいことに、民生委員の鈴木さんも、お見舞いにきてくださったりした。

また、入院中に母は要介護一に変更になった。

要介護になると、地域包括支援センターの管轄からはずれるそうで、それまでお世話になった倉田さんとはお別れする形になった。幸いケアマネさんは同じ方がそのまま担当になったので助かった。

けれど、制度をよく知らなかった私にとって、倉田さんとの突然のお別れは、少なからずつらいものがあった。


少しずつ元気になってくると、母の病室やベッドの位置が転々と変わり、お見舞いに行くたびにナースステーションで現在地の確認（？）が必要だった。

五階の窓際のベッドになった時、母は、

「この窓から飛び降りたいと思うことがある」

とこぼした。

自由のきかない入院生活やら、よく聞こえずにまわりでよくわからない話をされていることやら、何から何まで嫌気がさしているようだった。

それを聞いて、私は、ちょっとめんどうなことになったな、と思った。そして、自分が死にたいと思っていた時があったな、と思い出した。

最初の結婚の時、年を追うごとに、次第に私は精神が不安定になっていった。よくわからないまま惰性で結婚した私は、結婚後ますます旦那と意思疎通ができなくなり、精神的な関係は結婚前よりも希薄になっていた。経済的不安とワンオペ育児と、何回かの人工中絶。思い出したように喧嘩をして、旦那に階段から落とされたことによる、本能的な恐怖と拒絶、不信。「死にたい」と漠然と考えるようになっていた。

よく覚えていないけれど、おそらく上の娘のしおりを、歩いて幼稚園に迎えに行く時だったと思う。晴れた日で、家から一番近い小さな個人商店のそばを通り、右横に電柱を通りすぎようとしていた。

ふと、目の前の景色が変わり、私はどこかの室内にいた。ざわざわと音がしていて、人が何人かいる様子で、私が自分の足元を見ると、敷かれた布団に「私」が寝ていた。幼い娘二人は、寝ている「私」の掛け布団にすがって、「おかあさん、……おかあさん！」と泣き叫んでいる。旦那は近くで正座をし、拳を固く握ってうつむいていた。

お焼香に来たらしい誰かが、旦那の肩をやさしくたたき、慰めているようだった。

旦那は、奥さんに先立たれた気の毒なご主人のような顔をして、うなだれて、同情を誘っていた。

「ちょっと、待て。（私が死んだ）原因はお前だけど……！」

私は、怒りが込み上げてきたのを感じた。

なに、自分が被害者のような顔をしている……と詰め寄りたいのに、私の声はどうやら音にならない。泣きすがっている娘たちに、「おかあさんは、ここだよ」と手を差しのべ、抱きしめようとした。そして、腕が、娘が、私をすり抜けた。

どんなに叫んでも、触れたくても、声は音にならず、姿も見られない。

大変なことをしてしまった……！　と思った。取り返しのつかないことをしてしまった……！

……っ、……！　その瞬間、自分の足が地面に着いた。

先ほど通った電柱を、右横に見て、ちょうど通りすぎるところだった。

晴れた日だった。

まわりの音が、音になって戻っていた。

私は、先ほどと同じように、外を歩いていた。

家の一番近くの小さな個人商店のそばを通って……。

私は、しおりを、幼稚園に迎えに行くところだった……。

「助かった」と思った。

本当の地獄は今じゃない、と思った。

このまま行くとそこにたどり着く世界線を、ご先祖さまか、神様か、誰かが見せてくれたのかと感じた。あり得ない未来ではなかった。

怖いと思った。


「……人の生き死には、人の都合では決められないんじゃないかと思うんだよ」

私は、病室で、ベッドを斜めにして上体を起こした母に言った。五階の病室の、窓際のベッドの。

母はこちらを向いて聞いていた。私は窓の方を向いていた。

「もし、お母さんの寿命が終わることが許されるなら、飛び降りたら死ねると思う。でも、もしまだ死ぬことが許されないなら、きっとなんらかの形で助かってしまうんだと思うよ」

「……」

「……それで、植物状態になったまま、死ぬこともできずに、話すこともできずに、寿命が来るまで生きながらえるか、後遺症が残って今よりもっと不自由になるか……」

「……」

「……それが、病気や事故が原因だったらまだ仕方ないと思えても、自分が原因だったら、もっと苦しい思いをするんじゃない？」

「……」

「私は、人の寿命は、人のものではないんじゃないかと思う」

母は黙って聞いていた。

父の七回忌の前、母はよく、

「お父さんの七回忌まではきちんとやらないと……！」

と言った。

それを聞いて、その時は、私自身は特に重要なことだとは感じていなかった。けれど、父の七回忌を、叔父や叔母や妹家族なんかも呼んで、菩提寺で無事に行ったあと、母はみるみる弱っていった。変なたとえかもしれないけど、まるで、今までの時間を急に早回ししていく浦島太郎のように。

生前の父と母は、よく口喧嘩をしていた。

人間関係への認識が未熟な私は、単純に仲が悪いのかと思っていた。父の死後、いろいろ壊れていく母に、「そんなに父に頼っていたのか……?」と驚いた。

「まさか、父と母って、仲良かったの……?」

後になって美代子義叔母に聞いたら、

「当たり前でしょ?　仲が良くないのに、二人だけで一緒に旅行なんか、行く?」

と言われた。

父が退職後は、特に頻繁に二人で旅行に行っていたようだった。

国内旅行が中心だった。

確かに、世間でも、そして私も、定年後は旦那を置いて、気の置けない女友達数人と旅行に行く女性、というイメージもある。

私がまだ最初の結婚をしていた時の、下の娘のなるが書いた七夕の短冊を思い出す。

私たちは家庭内別居状態で、顔も合わせず、当然会話もない毎日を過ごしていた。

当時旦那の意向で専業主婦だった私は、旦那の給料日に、その月に必要な金額と内訳をメモにしておいておき、その金額をもらってぎりぎりの生活をしていた。

娘たちが七夕飾りを幼稚園で作った日、私は園長先生に呼び出された。

なるが書いた短冊には、

「おとうさんとなかよくくらせますように」

とあった。

「普段はあまり家庭内のことには踏み込まないのですけどね……」

と前置きされ、園長先生はじめ担任のまさこ先生に、我が家のことをずいぶん心配された。

まさこ先生がなるに聞いても、「ほかにお願い事はない」と言われてしまった、と言って、

「なるちゃんだけ短冊がないというのも、可哀そうだと思って、……お母さん、この短冊を七夕飾りにつけてもいいですか？」

と聞かれた。

娘の短冊は、そのまま七夕飾りにつけてもらうことにした。

幼稚園の玄関に飾られたその七夕飾りは、ママ友たちから少なからず反響を受けた。

ひとりのママ友から、

「実は、（あの短冊を見て）あまり驚かなかった」

と言われた。

「あんたの家、旦那の話が全然でないからさ、……ほんとに仲いいか、……逆か、と思ってた」

彼女が言うには、旦那の悪口を言っている奥さんは、実は言うほど仲は悪くないらしい。私のように、いっさい話がでないのは、ほんとに冷え切っているのかもしれないと思っていたそうだ。

「無口な人なら、まだわからないけど、あんたは無口ではないじゃない？」

確かに。

そんな風に、私の知らないところで、考えたり心配したりしてくれているんだな、と思った。

彼女の意見を参考にすると、私の両親は仲が良かったらしい。だったら、わかりやすく、もっとラブラブにしてたらいいのにと思う。……わからないものだ。

日赤に入院した始めの頃は酸素吸入が必要だった母は、鼻に酸素の管をつけていた。酸素がはずされ、それから耳が聞こえるようになってくると、シャワーを浴びたりできるようになった。

「美容院に行きたい」

そんなことも言うようになった。

「この間まで酸素吸入してて、まだ肺炎も治ってない状態だからね！」と言いたくなるところを黙っていた。

年をとると、「次」ということを考えるのが難しくなるのかもしれないと思う。もうしばらくすれば病気が良くなるからもう少し待ってみようとか考えるよりも、次の機会はないかもしれないということを無意識のうちに思うのだろうか？

その時は、母のわがままをかわすのに精いっぱいだったが、今から思えば、母は無意識に未来が不安だったのかな、とも考える。

肺炎が良くなってきたところで、主治医に転院を勧められた。

日赤は救急を優先するので、症状が安定してきたらなるべく速やかに退院してほしいらしい。でも、短い入院の後で施設に入ったりした場合、本人のショックが大きくて、家に帰りたい気持ちが残ってしまうことが多いので、できれば時間をかけ、段階をふんでいった方がいいとのことだった。やはり経験からくるアドバイスなのだろうと思った。

ケースワーカーさんを紹介してもらい、転院先の病院を探してくれるようにお願いした。

転院先が決まり、そろそろ転院という時、母が、

「転院の話なんて聞いてない」

と言い出した。

母は、日赤を退院したら、家に帰れると思っていたらしく、文句を言い始めた。転院の話を主治医としていた時、母もその場にいたはずなのに、どういうことだろうとわからなくなる。

主治医は、まだ若くて、医者に対して変な表現ではあるが、頭のよさそうな細身の男性だった。母にもわかりやすいように、もう一度きちんと（転院の必要性を）説明しましょうと言われ、母のベッドの横で、母の方へ少し身をかがめ、もう一度、やさしく、理屈っぽく、説明してくださった。

母はめんどくさくなったようで、それ以上言わなくなった。

日赤に一か月半ほど入院したあと、リハビリもできるという東長野病院に転院した。

転院先の東長野病院でも、ケースワーカーさんがついてくれた。日赤の担当の方は女性だったけど、今度は男性のケースワーカーさんだった。

実家の近くで、「サービス付高齢者向け住宅」というのができたと、私は以前向かいの奥さんから教えてもらっていた。

母が入院する時、家の前に救急車がきていたので、向かいの奥さんが心配して家から出てきてくれた。母は、昔からいる近所の奥さん方とは仲が良く、必要以上に親しくすることはなかったが、良い関係を築いていた。父が亡くなってから、だんだん歩くのもおぼつかなくなっていく母を、向かいの奥さんは、気にかけてくれていた。もう、母の一人暮らしは限界なのではないかと心配しているように見えた。その時に、近所に新しくできたその施設のことを教えてもらった。

私は、「丹波ハウス」という、教えていただいたその施設に見学に行った。

所長の高梨さんは、恰幅のよい、明るい感じのほがらかな男性で、信頼できそうな方に見えた。

「サービス付高齢者向け住宅」というのは、共同の食堂やお風呂があり、談話室や小さめのホールなどもあり、共同の小さなコンロや冷蔵庫が談話室のわきにあった。

部屋は個室で、廊下に沿ってそれぞれの部屋があり、居室は一階と二階があった。食事は別料金で三食付き、月極めで頼むこともできるし、外泊や外食の時などは、その分の差額を減額してくれるということだった。看護師が二十四時間体制で常勤してくれるので、緊急時の対応や、薬の管理などもお願いできる。ほとんど寝たきりの方もいるけど、まだ現役で働いていらして、ここから毎日通勤しているという方もいると聞いて、驚いた。

私が持っていたイメージとだいぶ違っていて、時代はＩＴだけでなく、いろんなところで進んでいくのだなと妙に感心した。

たしかに、独身で高齢になってきたら、夜も看護師がいてくれて、食事の世話も心配しないで働けるとなったら、私でもお金があればお願いしたい。それはそれで、素敵な選択だと思った。

糖尿を患っている母は、日赤に入院してから、インスリン注射をするようになった。

自分でお腹にチクッと打つのだが、母は、看護師の見守りが必要だった。そういった対応も施設でやってくださるというので安心だった。

そんな話を、東長野病院のケースワーカーさんにお伝えしたら、所長の高梨さんと連絡を取り合って、退院後のことを相談してくださるということなので、お任せした。そのつど私の意見を聞きながら進めてくださるので、安心してお任せできた。私も、茨城に住む妹に連絡を取りながら、無理せず進めていった。

実は一度、母の兄弟の暁叔父や義朗叔父たちが、「丹波ハウス」を見に来てくれたことがあった。自身も建設会社を経営している叔父たちは、立地や設備、料金なども見て、「まぁ、いいんじゃないか」と言った。やはり姉である母のことは心配なのだなと感じて、感謝した。その時、社長をしている下の義朗叔父が、

「えいこ、おまえきれいになったな」

と言った。

そこにとくに何の感情も見えなかったので、内心「なんのこっちゃ」とは思ったが、義朗叔父から容姿を（？）ほめられることはまずないので、一応喜んだ。

私は幼い頃、この叔父にずいぶん可愛がられていた。記憶にはないが、デートにも連れていったそうだ。私は手がかからない子供だったらしく（今でも気配がないと言われるので）、扱いやすかったのだろうと思う。

独身時代、義朗叔父は（私にとっては母方の祖母の家である）実家で暮らしていた。おうちデート（？）だったのか、のり子義叔母が遊びに来ていたことがあって、私は幼い頃はよく母方の祖母に預けられていたので、一緒にいた私とも遊んでくれたらしい。その時、帰り際、私に「また遊びにきてもいいよ」と言われたんだよ、と最近義叔母が教えてくれた。

義朗叔父と結婚したのり子義叔母は、日本人には珍しい瞳をしている。色白でもあるが、瞳の色が、ブルーともグレーともグリーンともつかないような、透明感のある美しい色なのだ。昔からのり子義叔母の瞳をとても綺麗だと思っている私は、きっと記憶にない幼い頃も、綺麗だと感じたのだろうなと想像する。

そんな私を緩衝材にしてデートをしていた二人は、めでたく結婚して、義朗叔父とのり子義叔母は、今でもラブラブだ。

そして、義朗叔父は私のことを、

「お前はお母さんにそっくりだ」

と言う。

どこが……？　とは思うけど、「すべてが」と答えられそうで、確認はしていない。

東長野病院は、街から外れた山に近いところに立っている。近くにあまり建物がないので、開放的で見晴らしがよく、窓の外から鳥のさえずりが聞こえるような病院だ。転院が初夏だったので、緑の木漏れ日がきれいだった。

小児病棟があるらしく、子供（親子連れ）の姿を何回か見かけた。また、リハビリテーション科があるので、松葉杖をついた高校生のような男の子を見かけたこともあった。

母が入院した病室は、二階で、女性の四人部屋だった。窓が大きくて、病室が明るくてうれしかった。

母はリハビリが気に入ったようだった。リハビリの時間以外も、廊下を歩行器をつかって往復したり頑張っていた。

食事は談話室のようなところで食べてもいいらしく、母は少し年上の隣の病室の女性と仲良くなったようで、時々一緒に食べていた。

＊＊＊

そんな中、祖母の四十九日法要があった。法要は、菩提寺で行った。

久しぶりに、タケ子さんやフジ子さん、祖母の本家のご夫婦、私の妹や、喪主をしてくれた従弟のゆうじ夫婦と会った。

法事の後は、皆で祖母の家に入って、形見分けをした。

祖母の真珠のネックレスは、ゆうじの奥さんが欲しいと言ったので渡した。祖母の持っていたアクセサリーや、まだ新しい服なんかも私と妹で分けたりした。

蔵にあった味噌や米は、残った分はすでにタケ子さんやフジ子さんたちに引き取ってもらっていた。庭の池の鯉も、フジ子さんのご主人が引き取ってくれた。

庭にある、鉢を並べていたアルミ製の棚は、本家のご主人に欲しいと言われたので、「どうぞ持っていってください」と言った。

離れている私などよりよほど身近で祖母を支えてきてくれたのだから、今までの感謝を込めて、祖母のもので役に立つならありがたいと思う。できるだけのことはしようと思うけど、今後祖母の家も維持できるのか、不安だった。

＊　＊　＊

サービス付高齢者向け住宅「丹波ハウス」の所長である高梨さんが東長野病院にきてくれた。

高梨さん自ら母に説明してくれるとのことで、ケースワーカーさんがセッティングしてくださったのだ。

母は、もっとごねるかと心配したが、思ったより友好的で、ほっとした。ほがらかでおおらかそうな高梨さんに、母も穏やかな笑顔を見せていた。

丹波ハウスの一階の角部屋が空いているとのことで、一度母も見た方がいいだろうということになり、外出の許可をもらって見学にいった。

その日は、途中のレストランでランチを食べてから見に行こうという話になり、久しぶりの外食に母は浮かれていた。母は外食好きだったので、数か月におよぶ入院生活は、いろいろストレスだったようだ。

丹波ハウスに着き、部屋を見せていただいた。一階なので、少し暗い感じはしたのだが、はき出し窓の外側は、洗濯物を干せそうなテラスのようなスペースになっており、防犯も考えて格子が取り付けてあった。

景色をみるような感じではないので、そういった意味で部屋でくつろぐようなことは難しそうだったが、ただ、ある程度街中で、家からも近くて、金額も払える範囲で、……といろいろ制限がついてくると、これ以上のところは見つけられないだろうと思われた。

どこで妥協点をみつけて納得するかなのだが、そういったことが母は苦手だったのだと思う。

実際に見てみると、高齢者向け住宅というものに母が抱いていたマイナスイメージは変化したようで、偏見のようなものはやわらいだように見えた。

部屋は、仮押さえをさせてもらった。

母も思うところはあっただろうが、一応気に入ったみたいで、高梨さんにお礼を言って、

「よろしくお願いします」

と頭を下げた。

あとで読み返した母の当時の日記には、どうやら東長野病院の看護師さんに苦手な人がいたようで、『はやくシニアハウスに行きたい。自分の思い通りに生活できそう』と書いてある。現金な母に苦笑した。

東長野病院からの退院は、八月十五日に決まった。終戦記念日だ。良いと思った。

＊＊＊

祖母の新盆の法要があった。菩提寺で行った。

また久しぶりに親戚の方々と出会う。タケ子さんやフジ子さんたちも元気そうだったし、菩提寺の住職も、あいかわらず軽やかでお元気そうだった。

いつも口数の少ない本家の旦那さんが、

「あの、前に植木鉢を置く棚の話をしたけど……」

と私に話しかけてきた。

「この間、いただきにトヨさんの家に行ったんだけど……」

年齢不詳のきれいな奥様も近くに来た。

「それで、裏口のドアのガラスが割れてて……」

ご主人の言葉に合わせて、奥様が補足する。

「ええ、そうなの。普通に割れた感じじゃなかったわよね？」

「……うん。誰かに割られたような……」

「え、いたずら……？」

私がつぶやくと、

「いや、……いたずらというよりは……」

私は、はっと気づいて言った。

「まさか、空き巣……!?」

そんな馬鹿な……とは思うが、本家のご主人は、「そうだ」というように同意した。

確信しているような雰囲気に、帰りに私たちで祖母の家に寄ってみることにした。

主人と一緒に裏にまわると、確かにドアノブの近くのガラスが、明らかに人工的に割られていた。現場保存ではないけれど、特に用もないのに家に入るよりは、このまま警察に相談しようという話になった。幸いまだお盆休みの前だったので、早めに対処した方がいいだろうと話し合う。

翌日は休日だったので、新盆に来てくれた妹と、母の入院している東長野病院にお見舞いに行った。

その翌日、休暇申請を兼ねて、私は出社してすぐに、部長のところへ空き巣かもしれないことを説明をしに行き、これから祖母の家に行きたいと話をした。たまたま、娘のなると部長の息子さんが同級生だったので、部長は私たちを心配して、いつもいろいろ親身になってくれていた。この時も、驚いてもいたし、いつものように心配もしてくださった。

「安曇野のおばあさんの家には、これからあなたひとりで行くの？」

部長に聞かれ、私が「そうだ」と答えると、

「では、まず警察署に連絡して、向こうで警察と待ち合わせをして同行してもらうように」

と言われた。

万が一、犯人がいるかもしれないから、くれぐれも一人で行動しないように、と念をおされ、

「110番じゃないよ。最寄りの警察署に電話するんだよ」

「……はい」

部長の気づかいがうれしかった。

以前に、祖母が亡くなる時、出勤の途中で入院先の看護師さんから「トヨさんの呼吸が時々止まる。もう長くない」と電話があった時も、

「これから安曇野に行ってきます」

と言う私に、部長は、

「気持ちはわかるけど、ひとまず落ち着いて。あなたが焦ってもしかたないからね」

と言ってくださった。

そう言われて、ふと自分がのどが渇いたような感じがしているなと、平常心でないことに気づき、そして、いったんアパートに帰って、なると一緒に祖母の病院に行ったのだった。

今回も部長のアドバイスに従い、まずは警察署に連絡した。そしたら、最近地域で

空き巣が発生しているとのことで、警察の方が同行してくださることになった。現地で待ち合わせすることにして、私は祖母の家に向かった。

警察官とともに、ドラマでよく見かける鑑識の人も一緒に待っていた。安曇野警察署の誰某みたいに名乗って、驚いたことに、警察の方はまず玄関を調べた。

「やはりな」

とつぶやいて玄関の引き違い戸に手をかけると、ドアは難なく開いた。

「おそらく昼間の犯行だと思いますよ」

警察官は言った。

祖母の家は、玄関からまっすぐ奥に向かって廊下があり、廊下の突きあたりが裏口戸にあたる。警察官は裏口のドアを指しながら、

「ガラスを割ってあそこから入って、家の中を物色して、内側からドアを開けて、堂々と昼間に玄関から出て行ったと思います」

と言った。

私は、悪いことをするなら夜なのかと思っていたが、実際はそうではないことも多いのだそうだ。

割と大きな農道に面して建っている祖母の家は、向かい側にコンビニがあった。道路の方から家の様子も見えるし、何度ここに通ってもコンビニのおかげで怪しまれないし、塀があるので、かがめば道路から死角になるし、など犯行に向いた立地らしかった。気休めにでもと思い、前回来た時に人感センサー付きのライトをいくつか祖母の家の外に設置していたが、あまり意味はなかったようだった。

「おばあちゃんがいなくてよかったよ」

一人の警察官が言った。

もし、一人暮らしのお年寄りがいるところに犯人がきたら、命が危なかったと。

先に入った警察官に続いて、私も祖母の家に入った。廊下から居間を覗いて、……絶句した。

廊下から入ってすぐに、いつも祖母が座っていたこたつがある。その横の押し入れから、中のものが雪崩のように散らばっていた。ドラマで見る「空き巣」のようだった。ドラマの再現度って、けっこう正確なんだなと、妙なところで納得する。

それから、警察官と一緒に、奥の部屋に入った。私たちが長期休みに泊まりに来るといつも寝ていた部屋だ。長押に掛けてあった額が外され、ガラスが割られてバラバラにされた状態で下に落とされていた。

「こういう額の裏側にへそくりを隠している場合があるから、こういうところも見るんですよ」

私が見ていたら、ひとりの方が説明してくださった。

おそらく、祖父か祖母が買ったであろう額。私が子供の頃からあったもの、床の間の掛け軸や、床脇の棚にあったものなど、それらも引きずりだされ、部屋中に散らかっていた……。

祖母の寝室では、見たこともない小さな金庫が引っ張り出されて開けられており、いつの時代のものかわからない古い通帳が入っていた。

犯人は裏口から上がり込んで、土足で家の中を物色したようだった。廊下に残された靴の跡の写真を鑑識が撮る時、私に指をさすように言われた。鑑識の人が、私の指を入れて靴跡の写真を撮った。そのほかにも、ぐちゃぐちゃに荒らされた居間の写真や、奥の部屋や、祖母の寝室の写真などを、その都度指さすように指示されながら、何枚も撮った。

家を荒らされた被害はあるが、金額的な被害はよくわからなかったので、「被害届」みたいなものは特に出してはいないと思う。

たまたまその日安曇野に出張に来ていた同僚が二人、夕方祖母の家に立ち寄ってくれた。見知った顔を見てほっとした。心配して寄ってくれたことがありがたかった。


祖母の家の南側は畑になっていて、元気な頃は祖母が世話をしていた。ここ数年は、フジ子さんのご主人が見てくれていたようだ。祖母が倒れてしまったから、もう誰も世話することがない畑は、見たことのない草が一面に生えていた。

草たちは、この家にもう主がいないことを知っているようだった。

そういえば、いつもここで草取りをしていた人はどうしたのだろうかと思う。祖母の家の庭に、いつも勝手にやってきて草取りをしているおばあさんがいた。祖母の友達だったのだろうと思うのだが、「暇だから勝手にやってる」と言って、私が出会うと、にかっと笑っていた。

祖母から聞いた話では、お子さんがいなくて親戚の甥っ子さんか誰かを養子にもらっていたらしい。ご主人を亡くされていて、養子である息子さんのお嫁さんと折り合いが悪くて、家にいづらいからと、祖母の家にちょくちょく来ていたようだった。

祖母の家で草取りをして、その後、庭の方から居間にあがってご飯を食べていた。庭に面したはき出し窓の下に、気づけば靴がちょこんと置いてあった。

祖母は、家では肩身が狭いだろうから「ここで腹いっぱい食べてけばいいわ」とからから笑っていた。

＊＊＊

退院の日は、母は見るからにうきうきしていた。私が迎えに行くと、もう自分で荷物をまとめてあった。ランチを丹波ハウスの近くのイタリアンで食べてから行くことになっていたので、それもあったのかもしれない。

同じ病室の人たちと看護師さんたちにもあいさつして、あっさりとしていた。

病院では、母は歩行器を使っていた。タイヤから伸びたパイプの先に半円の手すりがついていて、それを使うと母は歩きやすいようだった。

廊下で、母とよく一緒にお昼を食べていた隣の病室の方とすれちがった。気がついて会釈をすると、その方は、

「……京子さん……？」

と驚いていた。

「私、今日退院なの……！」

笑顔で母が言った。

その方が固まった。

まさか、今日退院することを伝えていなかったようだった。

「じゃあね……！」

母は笑顔で手を振って、くるりと背を向けた。

私は「今までお世話になりました」とあいさつして頭を下げたが、その方が見えていたかどうかわからない。

「信じられない……」というように、呆然としていた。

ひとりでさくさくと歩いていく母を追って、私もその場を後にした。

久しぶりに、母の真髄を見た思いだった。

長引くたいくつで不安な入院生活の中で、お互いに慰めあって、少しでも楽しく過ごせるように支えあっていたのではなかったのか……？

不満のたまる母につきあってくださっていたその方に、私は心ではとても感謝していた。こんな状況でも、良い出会いがあってよかったとうれしかった。

そんな方に対してこの仕打ちとは……、もはや、さすがであった。


母は、ごきげんでランチをして、私たちは丹波ハウスに向かった。

しかし、レストランの店内のわずかな段差でも、やはり母は苦労した。いくらリハビリを頑張ってはいても、もとに戻るというのは難しいのだと感じる。ほんの数センチの段差でも、母一人の力で上がることはできなくて、私は母の肘あたりを支えて手助けした。

それでも、外食は楽しいようだった。


そして再び、母の爆弾発言があった。

「私、施設には入らないから」


母は、自分の家に戻るつもりでいた。

「施設に入るのは『お試し』でしょ？　……私はまた家に帰るから、『お試し』はいいわ！」

仮契約の申し込みの話からか、それとも、「心配なら、短期の入所体験もできる」という話を所長さんがしていたからかわからないが、母の中では何やら都合がよいように脳内変換されていた。

だからあっさりと施設に入ることを了承したのか……？　わけもわからず、私は自分の甘さを思った。

母が、家が空き家になってしまうことを嫌がったので、当時アパートに住んでいた私たちが、急遽実家に住むことになっていて、もう、アパートを引き払うことは、大家さんや不動産屋にも話してあった。なので、母がもとの一人暮らしに戻ることはできないと説明した。

母は、私たちが一緒に住むのでもいいと言った。

しかし、もし母と私たちが一緒に住むなら、私には、お互いに破滅する未来しか見えなかった。

上の娘のしおりは千葉の専門学校に行っていて、下の娘のなるが大学受験だった。私もなるにつきあって、忙しい合間をぬって、各地の大学に見学に行った。

私は仕事があるから、母の面倒を見ることは難しいこと、なるも県外に進学すれば、母は昼間一人になるから、注射のことや日常生活も助けられないことを何度も説明した。

しかも家は、バリアフリーなどではないのだ。昔からの昭和の家で、居間から次の間にあがるのにも、無駄に（？）段差がある。寝室だって二階だ。

今より元気だった時に、肺炎になって倒れていたのに、前よりもっと弱った状態で大丈夫なわけはなかった。

それに、私も、自分を犠牲にしてまで母の世話をするのは、きっと無理だろうとわかっていた。

母は、納得はしていないようだったが、めんどくさくなったのか、あきらめたのか、それ以上は言わなくなった。そして、半ば憮然とした様子で、丹波ハウスの部屋に入った。

家では、どうしたってなんでも母一人でやらなきゃいけないことが多いから、丹波ハウスで生活していく中で、徐々に回復して、また家で暮らせるようになったら、またその時考えようと話した。

世間でよくやるように、その場しのぎの気休めではなく、本当にそうなればいいと思った。私たちは知識がないのだから、わからないところは相談しながら、少しでも心地よく過ごせたらいいと思う。幸い、保健師さんとか、ケアマネさんとか、民生委員さんとか、丹波ハウスの所長さんとか、たくさんの信頼できる方たちに恵まれているのだから、希望はあるでしょう？　と思っていた。

当時の日記には、『退院のあと、その足でシニアハウスに入る』と書いてある。『十五日が退院』ともあるので、どうも母にもわかっていたようだ。『自立した生活をしたい。病院では管理された毎日』『(同じ病室に) おまるを使う人が二人。動くことも出来ず、液体だけで生きている人が一人。私だけが普通の人。違和感を感じる』

糖尿をもっている母の施設での食事は、フルーツやデザートなどが、他の人より減らされた。母は甘いものが好きだから文句を言うかなと、所長の高梨さんと話した。「もし、京子さんがフルーツなど減らされて嫌だと言うようなら、また栄養士とも相談してその都度対応しましょう」と言ってくださった。私は、高梨さんの誠実な言葉に感謝した。しばらく様子をみることにしたが、予想に反して、母から食事に対する文句はでなかった。

以前母が通っていた機能維持のためのデイケアに、丹波ハウスから通えることになった。送迎の方が迎えに来てくれて、母はまた午前中の週二日、利用することにした。

九月に入った。なるの受験があって、私は、その日は山形の大学にＡＯ入試の付き添いとして同行していた。

なるが大学にいる間、私はひとりで山形市内を散歩した。東北の夏が意外と暑いことに驚く。結構陽射しがきついのだな、と感じた。

携帯電話が鳴って、丹波ハウスの高梨さんからだった。

「お母さんが昨日転んで、肘を痛めたのですが、今朝になって腫れがひどいので近所の整骨院に行ったら、骨折しているということで、手術をすることになりまして……」

「……？」

母が丹波ハウスに入って、半月が経ったところだった。こんなに早く次の問題が発生すると思わず……。

私は自分が今山形にいて、すぐに行かれないことを説明し、長野に戻ったら連絡すると約束した。

対処しなければならないことが次々と起こって、私は感情があふれそうだった。いろいろ何かが具体的な言葉になりそうな感じがして……私は、余計なことは考えないように心を静めた。


母は一人で外出して転んだようだった。

退院して丹波ハウスに入ってからも、母はリハビリを続けていた。はじめは歩行器を使って廊下を往復していたらしいが、おそらくリハビリの方からの指示で、所長さんから歩行器の使用を禁止されて、それからは廊下の手すりを伝って歩く練習をしていた。歩行器を取り上げられた時は、母は高梨さんに文句を言ったようだが、だんだん歩けるように回復してくると、そんなことは忘れたようだった。

高梨さんは、

「こんな立場でいる以上は、必要な時は、憎まれ役をやることもありますよ」

と苦笑していた。

私は、不肖の母が申し訳ありません……と心の中で謝りながら、高梨さんに感謝した。

宮園の義母は、時々母を訪ねてくれていた。そこで、母から、退院の報告とお礼状を書きたいから便せんがほしいと言われて、用意してくれたようだった。

母は、自身の兄弟である叔母や叔父たちに手紙を書いて、午後散歩がてら近所の郵便局に手紙を出しに行ったということだ。

所長の高梨さんに、まだ外を一人で歩くのは危ないと止められたが、それを振り切って出かけたそうだ。

母は、カートを押しながらだと外を歩けるようになっていた。

母の日記によると、道を間違えたらしいのだが、なぜか舗装された歩道を行かず、砂利が敷かれた空き地をショートカットしようとしたのか、砂利にカートと足を取られて転んだようだった。通りがかった、小さいお子さんを連れた若いお母さんに助けられ、その方に郵便局にも行ってもらい、電話をして、丹波ハウスの職員に迎えにきてもらったらしい。

その翌日、腫れがひかずに、整骨院で見てもらったら骨折していたとのことで、山形にいた私に電話がきたのだった。

その時の母の日記を読むと、『多くの人のお世話になるばかり』『ハウスの人たちにもとても良くしてもらっている』『この恩はどこかで返さないと、と肝に銘じる』とある。

体の衰えと、心の強さがマッチしていないように見えた。体が丈夫だと、心が多少未熟でも生きていけるが、体が丈夫でないと、心の不調で簡単に体調を崩す。気を抜くとすぐさま死が顔をだす。

比較するのもおかしいかもしれないが、祖母は、当然育った環境もあっただろうが、体は丈夫な方ではなかった。私が子供の頃も、寝込んでいることも多かったように思う。けれど祖母は、心は強かったと思う。

母は再び日赤に入院した。今回は外科なので、病棟の雰囲気はだいぶ違った。

担当の医師はやはり若い方で、ちょっと体育会系のノリが透けて見えるような人だった。

とてもテンション高く手術の説明をしてくださった。

手術は何時間もかかった。午後の手術だったが、麻酔をしてから何時間、手術に何時間、そのあと麻酔がきれて経過を確認するのに何時間……という流れで、終わったのが夜中に近い頃だった。待っている方も相当な体力と気力が必要だった。私は今まであまりこういった経験がなかったので、思ったより大変に感じた。

母は、手術に先立って、指輪を外さなければならなかった。父の死後もずっと着けていた結婚指輪は、指がむくんで外れなくなり、切って外すしかなかったようだった。看護師から、無残に切られてひしゃげた指輪を渡された。

後日、母はしょんぼりした様子で、その指輪を見ていた。家から別の指輪をもってきてほしいと言われて、すぐに外せるように、母が以前ビーズで作った指輪を渡した。母は、そのビーズの指輪を、また左手の薬指につけた。

手術後は、ずっとうつ伏せ状態だったらしい母の顔は、ずいぶんむくんでいた。声もうまく出せないみたいで、しわがれている。

母の日記を読むと、手術の前に風呂に入ってくるよう指示があり、初めて男性に介助されて入浴したようだった。『どんよりした一日だった』とある。

なるは山形の大学に合格した。年度が明けると山形へ進学する。……遠い。

私たちはアパートから私の実家に引っ越しした。主人の職場まで少し遠くなり、主人は朝は今までより早く家を出るようになった。必然的に、朝私が起きる時間も早くなる。

母は手術後は数日リハビリをして、じきに退院となった。あとは通院で対応していくそうだ。腕は、元通りにはならないらしく、多少の後遺症は残るとのことだった。

母に、週一でヘルパーさんを頼むことになった。買い物とか洗濯を手伝ってもらう。丹波ハウスに洗濯機があるが、洗濯は自分（か家族）がやることになっている。

＊＊＊

空き巣に入られた祖母の家は、妹やいとこたちとも相談し、手放すことになった。

安曇野で、割と大きな農道に面していて、中心部からは少し離れていて小学校が近いとか、条件が良さそうに思えるが、田舎で、築年数も経っている空き家付きでもあり、簡単に買い手が見つかりそうになかった。結局、松本で建設業をしている義朗叔父にお願いすることにした。

叔父の家に行き、祖母の家のことをお願いすると、義朗叔父は笑いながら了承してくれた。

祖母の家の中は、空き巣に入られる前に、主人や娘と一緒に何回か片づけたが、それでも大したことはできなくて、あとで義朗叔父の長男であるヤストには、

「……（片づけ、もしくは取り壊しは）すごく……大変だった」

とこぼされた。

詳しく聞くことは気が引けて、「ありがとう」だけ言った。

祖母の家を手放すにあたり、以前名義変更でお世話になった（義朗叔父から紹介してもらった）司法書士の先生に、再びお世話になった。

その時に、税金のことについてアドバイスをいただいた。

祖母の名義は私に変更されたので、祖母の家の土地を売った金額に対して、納税義務は私になる。しかし実際は、土地を売ったお金は、法律にのっとって、祖母の相続人である、私と妹といとこたち合わせて五人で分配する。なので、あらかじめ税金を控除した金額で、相続人と分けるように言われたのだ。そうしないと、私だけたくさん税金を払うはめになってしまうから、と。

言われた通りにやったつもりだったが、市県民税の納税は翌年になるらしく、私はきちんと対応できていなかったようで、会社の経理に呼ばれて「税金が前年の何倍（?）とかになっているからどうした?」と聞かれた時は後の祭りだった。今までの人生で身に付けてきたスキルで、私はそれ以上余計なことは考えないようにして、その年の給与明細の課税欄は見ないことにしたのは別の話。

＊　＊　＊

十月に入った。そして、母が再び転んだ。

母は、丹波ハウスの自室で、ベッドわきにぺたんと座った状態で発見されたらしい。ベッドに腰掛けようとして滑ったのではないかと高梨さんは言っていた。

母は、今度は大腿骨を骨折していた。また手術をすることになった。前回は肘の骨をボルトで固定するという手術だったが、今回は人工関節を入れるという手術になるという。

また、何時間も麻酔をして、何時間もかけて手術をするのかと、私はためらう気持ちが強かった。歩けなくなるが、手術はせずに、車いすで対応するようにしてはどうかと思った。

七十代という母の年齢と、実際の母の体力を考えるに、短い間に再び手術をすることに不安を感じた。

しかし、母は手術を希望した。

手術の日は、宮園の義母も来てくれた。手術が終わるまで何時間もかかるので、その間私につきあって一緒に待っていてくれた。

病院内のカフェやラウンジで話をした。私は手術をすることに対する疑問を少し話した。

義母は静かに聞いてくれた。

母自身が手術を希望する以上、それを止めることはもちろんできないが、もやもやとした、納得できない気持ちを、私は若干持て余していた。ただ、母が入っていた保険が使えるので、度重なる入院も、手術も、金銭的な負担が少ないのはありがたかったけど。

手術が終わるのを待ちながら、私は生きることや死ぬことについてなんとなく考えた。若い頃の生きることは、先に向かって進むというのか、手に入れていくというのか、何かそういったとりとめないものだけど、人生の折り返し点を過ぎた今の自分は、これから死に向かって生きていくのだと漠然と思う。それは、手放していくこと、整理していくこと、そんな風にも思えた。今あるものにしがみついたり、何かに執着するような想いは、死というものへの流れに合わないように見えた。手放すかわりに譲る、そういうのはありなのか……。

そんな答えのでないことを考えている私に、義母はぽつりぽつりと他愛ないことを話しながら、静かに隣にいてくれた。

退院して、母は再び丹波ハウスに戻った。

丹波ハウスに入る前はあれほど家にいたがっているように見えた母だったが、丹波ハウスに入居して以降は、家に行きたいとは言わなかった。

年末に久しぶりに妹家族が来た。母も外出許可をもらって、家で一緒にご飯を食べた。

妹の旦那さんや甥っ子たちとも久しぶりに会った。母も機嫌よくしていた。

母がトイレに行きたいと言って、妹と二人で両側から支えながらトイレまで付き添った。

家のトイレは、丹波ハウスの部屋のトイレと違って、入り口も中も狭い。手すりも付いていない。母は、体の向きをかえることも難しく、用を足した後、便座から立ち上がることも難しかった。母の体を妹と支えながらようやく起こすと、母は「シニアハウスに帰る」と言った。

その冬、私は「マイコプラズマ肺炎」というのに罹った。

身体を横にすると、むせるようにせき込むので、ソファに座ったまま眠った。

ろくに食べられない状態で、三十八度以上の熱が三日続いた時は、命の危険を感じた。

その翌日、早めに帰宅した夫の運転で、母が通院している行きつけの病院へ連れて行ってもらい、点滴を打ってもらった。薬も変えてもらって、それからようやく回復に転じた。余談だが、弱った身体に、点滴はどうしてあんなに効くのだろうと思う。生き返った心地がした。

もう、私の有給休暇は残っていなかった。欠勤を覚悟したが、幸い会社が「流行性の疾患」として、特別休暇を認めてくれたので、なんとか首の皮一枚でつながった感じだった。

半年経った六月、母は、シニアハウスで出される食事の器が他の人より一つ少ないと文句を言った。日記を読むと、それまでも一皿少ないようだと思っていたみたいだ。母はヘルパーさんに頼んで時々スイーツや果物を買ってきてもらっていたので、それを知っていた私も所長の高梨さんも、食事の時のフルーツやデザートは言われるまで出さずに様子をみていた。

母の糖尿のことを考えると、医師からの指示通り、カロリー制限のある食事を摂るべきなのかもしれないが、甘いもの好きの母だったので、優先順位をどうするかは、ある程度本人の思う通りで良いのではと、私と高梨さんで話していた。

その日の夕食は、母に言われてデザートの皿も出したらしい。

そして、のどを詰まらせて、母はその日亡くなった。

母の葬儀

母の最期は、父と母が建てたこの家から出してあげたいと思った。他の選択肢はないと思った。

「じゃ、家の片づけしないといけないな」

主人が言った。

「お通夜とかも家でやるなら、今の状態じゃ、ちょっとまずいな。俺、先に帰って部屋片づけておくわ」

主人と義妹が片づけに帰ってくれた。

義母と義父は、病院に残って、私たちのそばについていてくれた。

夜十時頃、エミ叔母夫婦が病院に着いた。

母を見に行って、

「姉さん、随分むくんでるじゃん。あれはちょっと、異常だよ」

叔母は、もと看護師だ。

「腎臓とか、臓器がもう弱ってたのかもしれないね」

母のために泣いてくれたのは、お義母さんとエミ叔母。私は、涙は出なかった。まだ現実として受け入れられないのか、受け入れられないことを理由にしているのか。

しおりも泣いていない。母とは性格があまり合わなかったしおりだが、母に小言を言われることは多かった。逆に、なるは母に可愛がられていた。高校を中退したことも「おばあちゃんに心配かけたくない」と黙っていたなるだったが、そういうところは母と相性が良かったのかもしれないが、要領も良かったのかもしれない。しおりは、彼女の祖母に対しては不器用だった。

彼女が、彼女の祖母から受けてきた痛みと、祖母からもらった愛情と、喪失感を抱くほどのものはないのかもしれなかった。

「でも、なんか姉さんらしいね」

エミ叔母が言った。

「いつも一人で勝手に決めて、勝手にやって、私たちのことなんか関係なくてさ。死ぬ時まで、誰にも何にも言わずに勝手にさっさと逝っちゃってさ……」

母は四人兄弟の長女で、母の下にエミ叔母と暁叔父、義朗叔父がいる。母のお父さん（私にとっての母方の祖父）は、母が小学生の時に病気で亡くなっていた。

母から聞いた話では、戦争に行くのが嫌だった祖父は、自分で生醤油を大量に飲んで、体調不良になったらしい。そのおかげで徴兵は免れたが、数年後、病気になって亡くなった。幸い良い会社に勤めていたそうで、年金が割合良かったので助かったと母は言っていた。

自身の母を助けて兄妹を助けるために、子供だった母にどれだけの重圧があったのかわからないが、母は私にとって、勝手で心が通わない感じの人だった。人当たりは良いし、いつもさっぱりとキレイにしていたけど、何かずれているような。

陽気で明るい性格のエミ叔母や叔父たちと違い、母は堅くて壁がある感じだった。

結婚当初、主人は、

「お義母さんてさ、叔母さんや叔父さんたちと、ほんとに血のつながった兄弟なの？」

と聞いた。

戸籍をみる限りでは、両親はみんな同じようなので、おそらく本当に兄弟だと思うが、それくらい母だけ異質だった。

また、母と私の合わないエピソードで恐縮だが、こんなこともあった。

父が亡くなってしばらくしてからのことだ。学年の区切りに長野に戻ることにしたので、その間の半年ほどは、まだ私と娘たちは神奈川県に住んでいた。私は契約社員としてフルタイムで働いていて、でもそこの自治体の福利厚生が良くて、学費、医療費、水道代免除とか家賃補助とかあったので、なんとか貧しいながらもがんばって生活していた。

前の旦那と別居をする時に、知り合いの息子さんの中古の軽自動車を譲ってもらったが、その車が白い煙を吐いて走るようになってしまった。車の整備でいつもお世話になっていたコバックのおじさんが見かねて、「代車で使っていた軽自動車を買い替えることになり、売りにだすから買わないか」と声をかけてくれた。「ほかで買うより安いから、悪い話ではない」と言ってくださった。

「代車だから走行距離も少ないし、キレイだし、いいと思うよ。今の車は、いつ整備不良で捕まってもおかしくない状態だから」

私は、すすめられたその白いミラを買った。そのミラは美人で、母子家庭になって初めて自分で買った車で、子供たちも喜んで、洗車を手伝ったり、「ミラっち」と呼んで大事にしていた。

父が亡くなって実家に帰ることになり、ある日、実家でずっと父の担当をしていたマツダの営業さん（前述）が、新車のデミオを持ってきて、うちのミラを引き取って行った。

父の車と母の車とうちのミラを下取りにだし、新しいデミオを二台（普通車：母の分と私の分）、母が勝手に買っていたのだった。よくわからないが、軽自動車は印鑑証明とか要らなくて、三文判の印鑑だけで手続きが出来るらしく、母が勝手に処分することも可能なのだそうだ。

それ以前に、電話で、何かその話を母がしてきた時、

「私は、まだミラが乗れるから、替えなくて大丈夫」

と断ったが、

「でも、高速乗るのに、軽自動車より普通車の方がいいに決まってる」

と母は言っていた。

世間では、中古の軽自動車より新車の普通車の方が絶対良いに決まってるとか、も

しかしたら、サプライズとか、喜ばれることもあるのかもしれないが、私が変わっているのかもしれないが、私と子供たちにとっては、大事なものを急に取り上げられた気持ちだった。

大人（金を持ってる奴）の理不尽だった。

何も知らず、善意で長野から神奈川までわざわざ来てくださった営業さんに文句も言えず、白いミラに乗って長野に帰っていく姿を私たちは見送った。

やっぱりどうしてもそのデミオを愛せずに、その三年後に山梨県のトンネル内で三台玉突きの百パーセント私が過失という事故を起こして、デミオは廃車になるのだけど。

ずれている母と、変わっている私と、哀しいくらい合わない親子だった。

＊　＊　＊

一旦戻っていた施設の高梨さんが、警察に呼ばれてまた病院に来てくれた。来てすぐに、亡くなった時の状況とか、施設内でのことや何かを所長さんに確認するということで、警察の人とどこかに出て行った。

丹波ハウスに入居している人は、自立している方も多かったので、食事は、基本的に食堂でみんなで食べていた。

最初の頃こそ母は少し文句を言っていたが、慣れてくると、「ここの食事はおいしい」と、毎回の食事を楽しみにしていた。季節ごとに、イベントに合わせたメニューなんかもあったらしい。

食べた回数分の食費を支払うようになっていて、自宅に帰って食事をしたり、外食したりする人もいた。私が土曜日に母の通院に一緒に行っていた時は、昼食は母の行きつけの、お気に入りのレストランで食べたりもしていた。

今日母が倒れた時、高梨さんから聞いている話だと、母は夕食の後急に意識を失ったようだった。救急車を待つ間、看護師さんがのどに詰まっているものをかきだしたり、できることはしてくれていたらしい。

母はいつものように自分で歩行器を使って歩いて食堂に行き、いつも同じメンバーでテーブルについているそうだが、周りの人たちも特に母の異変は感じなかったようだ。

母は食べるのが早かったようだが、食べ終わって、テーブルに突っ伏すように身体が傾いて、おとなしいなと思って見たら、意識がなかったそうだ。

警察が戻ってきて、検死やら何かが終わり、担当医とも話をして、死因は「誤嚥性の窒息」ということになったと教えてくれた。

「まわりに大勢の人がいる中でのことなので、事件性は認められないということで、これで警察の方は終了になります。いろいろな手続きが終わってからでいいので、死亡診断書のコピーを最寄りの警察署に届けてください」

と言われた。

母は互助会に入っていたので、亡くなったことを連絡すると、葬儀の人が速やかに手配してくれていた。病院の安置室の外に、葬儀屋の迎えの車が待機してくれていて、叔母が付き添って母を自宅まで運んでくれた。

私としおりは自分の車で帰り、ずっとつきあってくれていた宮園のお義父さんとお義母さんも家に帰った。

自宅に帰ると、葬儀屋の人が来ていた。祭壇や、ろうそくやお線香やお供えの台など必要なものが用意されていて、ここに何かお菓子をのせるとか、ここに果物をのせるとか、細かく教えてくれた。お線香も、ふつうのタイプのものとぐるぐる巻きの蚊取り線香みたいなのとあって、寝る時はろうそくを消してぐるぐるのお線香はつけておいていいとか、お参りする時は長いままのお線香を一本たてるとか、いろいろ指示してくれた。


エミ叔母は、今日は泊まって、明日電車で一旦帰ると言ってくれたが、叔母のご主人である義叔父は、「今日車で帰る」と言った。もう夜中の十二時くらいで、これからまた高速で帰るとなると心配だったが、義叔父は枕が変わると眠れない人らしく、

「ええ、オレは普段でも結構夜中まで起きてるから、夜は全然大丈夫だでね」

と言った。エミ叔母は、

「この人、聞かないから」

と、もう仕方ないという風だった。

主人が義叔父の車のナビをセットして、義叔父は元気に帰っていった。

翌朝、エミ叔母がおにぎりと卵焼きを作ってくれた。家にはたいしたものがなかったので、塩むすびと、叔母は卵焼きに、白だしと砂糖を少し入れた。

「ここにお醤油を少しだけ垂らすとおいしいと思ってるんだよ」

エミ叔母の卵焼きは、甘じょっぱくておいしかった。

そのあと、エミ叔母は叔父（叔母の弟たち）に連絡が取れたようで、電話で話をしていた。受話器から、

「ハロー」

という陽気な暁叔父の声が聞こえた。

叔父たちは、叔母の予想通り、海外にいるみたいだ。

「もう、ハロージャないわよ！」

エミ叔母があきれたように言った。

「姉さんが、昨日亡くなったの!!」

私は、最近祖母の家の件で、義朗叔父の息子である従弟のヤストとやりとりしてい

た。

日本にいるヤストには母のことを伝えてあったので、そこから連絡がいっていたらしく、叔父たちは母の死のことを知っていた。

土曜日（明日）には成田に着くから、その足で一旦寄るとのこと。

「明日帰国するから、明後日お通夜で月曜日葬儀にしてもらえると助かるな」

電話を代わった私に義朗叔父が言った。明日が友引だった。

お寺に連絡すると、住職はとても驚いていた。つい最近祖母の一周忌で会ったばかりなのに、私だって、どっきりじゃないかと思ってしまうくらいだから、無理もなかった。

「オレ、今日そっちに行くわ」

住職が言った。

うちの菩提寺は、安曇野の祖母の家の近くにあり、自宅からは高速で一時間くらいかかる。その距離を、住職はあっさりと無視したように軽い口調だった。有難かった。

お昼頃、妹が茨城から電車で着くことになっていた。妹を駅まで迎えにいく時に、エミ叔母をついでに駅まで送っていき、松本に住んでいる叔母は、電車で一旦帰ることになった。


妹が来た。良かった。

妹は私と違って、常識的な決断力があるので、「とても助かる」と思った。どこか不安の残る私と違って、安定感のある妹に安心したのか、しおりとなるも、「明ちゃん、明ちゃん」と妹の到着を歓迎していた。

幼い頃から妹になついているうちの娘たちに、妹は「おばさん」と呼ばせずに、「明ちゃん」と呼ばせていた。


その日は、葬儀の担当の人が来て打ち合わせをすることになっていて、母の遺影に使う写真を用意しておいてほしいと言われていた。

妹と、引き出しやら何やら、母の写真を探した。母の写真は意外と少なく、特に、外ではいつも帽子をかぶっていたので、帽子をかぶっていない写真がほとんどなかった。やっと見つけた一枚は、ずいぶん若い頃のもので、今では中学生になる妹の息子がまだ赤ちゃんだった時に、母が抱っこしているものだった。

「帽子かぶってない写真、これしかないね」

仕方なく、その写真を渡すことに決めた。

夕方、住職が来て、母の枕もとでお経をあげてくださった。


葬儀の担当は渡部さんといい、私や妹と、住職を交えて話をした。

明日は友引で、明後日は葬儀会場が予約でいっぱいになっているとのことだった。

「じゃ、明後日お通夜で、月曜日、葬儀」

住職が決めた。義朗叔父の希望通りの日程だ。海外にいながら、自然と叔父の思った通りに進んでいくことは、さすがだと思う。

「米を山盛りにしてお供えするから、米をいれる升を用意してほしい。……あと、骨壺ね」

葬儀の担当者の渡部さんに、住職は直接いろいろ指示を出した。

「お通夜にはもちろん来るけど、葬儀の日は、朝の出棺は任せたい。オレ、火葬場に直接行くから。それでいい?」

葬儀屋さんも慣れているようで、住職の希望に沿うように話をしていた。

私にとって、自分で関わって行う葬儀は、去年の祖母のお葬式が初めてだった。祖母の息子たちが先立ってしまったので、つまり孫の代の私たちでなんとかしなければならなかった。

母がしっかりしていれば、長男の嫁ということで中心になってくれたかもしれないが、母も、父の七回忌のあとめっきり衰えて、歩くのもやっとという状態だったので、無理なことだった。地元にいる孫は私だけだったので、だから、私が動くしかなかった。

幸い、父が、祖母を互助会に入れておいてくれたので、そこに連絡して、全ての段どりをしてもらった。初めてのことばかりで、たくさん不手際もあったけど、祖母の近所の人や親戚の力も借りて、なんとか祖母を送り出した。

……で、骨壺？

祖母のいた安曇野は、地域性なのか、私は詳しくわからないが、お墓に骨壺を入れる。母の親戚も皆近い地域に住んでいるので、私はそういったお葬式しか見たことがなくて、そういうものだと思っていた。ところが、今私たちが住んでいるこの北信の辺りでは、骨壺は言えば用意してくれるけど、何も言わなければ桐の箱だけなんだそうだ。

住職と担当の渡部さんの間では通じているようだった。地域によって（?）いろいろらしい。

そうして、住職はてきぱきと打ち合わせをして帰っていき、私たちは今後の細かい打ち合わせを担当の渡部さんと行った。

決めることはいろいろあった。

まず、枕花をどうするか。お通夜の後のお斎をどうするか。お返しをどうするか。火葬場で待っている間、飲み物とか軽食を用意するか。葬儀の時のお斎をどうするか。葬儀の時の祭壇をどうするか。花は？　お供えの菓子や果物は？　お返しに入れる挨拶文は？

葬儀の時の受付は？　芳名帳は？　いる？　カードにする？　私たちはカードにした。カードだと、渡してそれぞれで書いてもらえるので便利とかアドバイスをいただき……。

新聞に載せる？　載せない？　新聞には載せることにした。母の交友関係を完全に把握しているわけではないし、連絡先がわからない人が多いので……。

地元の新聞社に電話をかけて、母の名前、大まかな住所、元公務員ということ、葬儀の場所と日程を載せてもらうことにした。

母の兄弟たちは、法事の時はお斎があれば、夫婦で五万円と決めていると母から聞いたことがあった。叔父叔母は夫婦で五万円と考えて、お返しは半返し。今回は、カタログとタオルとか何かのセットにした。

妹の姑からは三万円と聞いていた。宮園の義母からは、お義父さんお義母さん別で、二万円ずつ包むと言われた。

カタログも何種類かあったので、カタログと何かのセットを三パターン、あとは普通のお返しで三千円から五千円を想定したもので考えた。私がカニ缶好きなので、カニ缶入りのセットにしてもらった。

父は、結婚式のお返しなどでカタログにするのを嫌ったけど、それぞれの家庭で好き嫌いとか必要なものが違うことを考えると、カタログは無難だという全体の意見になった。父たちの世代は、汎用的なもので統一するよりは、ひとりひとりの顔を思い浮かべながら、それぞれにお返しをするみたいな余裕というか、志があったのだろうと思う。今はそれがないとは思わないけど、そういう重みみたいなものを有難いと感じる時代ではないのかな、とも思う。私たちに、きちんと感謝の想いがあるということは、変わらないのだけど。

お供えの花や果物は、親戚や親しい人に用意してもらう。出す人が決まったら、名前をお供えや供花に書いてもらう。渡部さんからは、お通夜の後で決めてもいいと言われた。

北信出身の主人の話では、お通夜の時に誰が出すか決めて、出す人たちで金額を割ったりするということだ。

祖母の時は、親戚やタケ子さんやフジ子さんたちと集まって、まず誰の名前で出すかを決めて、実際は一万五千円とか費用がかかっても、「お供え」とか「お花代」として別に包んでもらえれば、中身は千円でも二万円でもあまり気にしなかった。やっぱり土地柄でいろいろなのだと思った。安曇野は大らかなのかもしれない。主人たちみたいにきちんと人数で精算するのも合理的でいいけど、葬儀だから、適当にざっくりでもいいと思った。人が亡くなる時に、あまり細かいことを言うのは野暮だよ、みたいに。

昨日病院でも言われたのだが、母はむくんでいるせいか、体液が出てくる。鼻に脱脂綿をつめてあるが、そこから鼻血のように体液が流れてくる。自分で拭こうと思ったが、なんとなく恐いし、どうしたらいいかわからないしで、結局葬儀の担当者の人にお願いしてやってもらった。担当者の方もあまり慣れてないようだったけど、仕事なのできちんとやってくださった。人の死に関わる仕事というのも、なかなか深いと思った。祖母の時も感じたが、普段あまり目にする機会のない職種だが、人間らしい、温かみのある仕事だなと思う。

葬儀の担当の渡部さんは、ベテランな感じで控えめな男性で、一緒に若い見習いのような青年が来ていた。見たところ、若い人はほとんど何もしないで、黙って渡部さんのやることを見ていた。時々、寝てるんじゃないの？　と思う時もあった。

帰り際、用意した写真を渡した。

若い人が、持っていた封筒に入れたようだった。

次の日、叔父たちが、成田から帰ってくる途中で寄ってくれた。成田からは暁叔父が車で運転してきたらしく、あいかわらずの年齢不詳の体力に敬服する。

母が弱っていて、そう長くないことは感じていたのだろうが、母の遺体に対面して、お線香あげて、

「んじゃ、明日また来るわ」

と、あっさりしていた。

途中のサービスエリアで買ったというお土産を渡され、風のように去っていった。こういうところは、さすが経営者だと思ってしまう。余談だが、いただいたお土産は栗の入ったロールケーキで、とてもおいしかった。

山形の大学に行っているなるが帰ってきた。

大学生になって一人暮らしを始めたからか、なんとなく変わったように見えた。

葬儀の担当の渡部さんから電話がきた。

「受け取った写真を忘れてきていませんか？」

「……？」

妹たちにも手伝ってもらって、少し探してみて見当たらなかったので、

「持っていかれたと思いますけど……。たぶん、若い方が封筒か何かに入れていたと思うんですけど……」

「……そうですよね。……もう一度探してみます……」

電話の先で、渡部さんもだいぶ憔悴しているようだった。

「写真なくすって……ひどいよね……？」

妹があきれて言った。確かに、うちの場合は、渡したのは適当なスナップ写真だが、人によっては、そのために用意した写真もあるだろうし、仮に「ぜひ、これで」と渡されたものだったりしたら、始末書ではすまないのではないかと思う。信用問題に関わる大失態になってしまうかもしれない。

「……あの、こんな写真が出てきたんだけど……」

主人が一枚の写真を差し出した。

「そう、それ……！　さっき、まだないか写真を探していて見つけたんだけど、それ、結構いいんじゃない？」

　妹が言った。

　それは、たぶん香港か台湾か、どこか外国に、母が叔父たちと旅行に行った時の写真だった。父が亡くなったあとくらいの頃だ。おそらく母を励まそうと、叔父たちが誘ったのだろうと思う。

　食事中だろうか、母はシンプルな白いブラウスにグレーのジャケットを着て、母が自分で作ったマクラメのペンダントを着けていた。テーブルに座って義朗叔父夫婦と写っていて、母はめずらしく笑っていた。いい笑顔だ。

「良い写真だ」と思った。

「……こっちの方が断然いいでしょ。渡部さんに電話するよ」

　私は、すぐさま電話をした。

　渡部さんもことの重大さはよくわかっていて、何度も謝っていた。この写真を取りに来るという。

「普通だったら大変なことかもしれませんけど、今回の場合、写真も間に合わせみたいなものだったので、さっき見つかったこの写真の方がいいと思うので、気にしないでください」

私は、写真をなくしたのは、たぶん渡部さんのせいではないのだろうな、と思いながら、励ますつもりで言った。どこの会社も今どきの新人を育てるのは容易じゃないから、きっと渡部さんも苦労しているんだろうなと想像しながら。

実際、先に渡した写真は、ずいぶん前のもので、母も変なパーマをかけていた。着ている服もTシャツだし、ほんとにあまり良くなかったと思う。今は、写真の加工で、服装を変えたりできる。表情は良くても服がいまいちということもあるし。確か、祖母の時も、着物に変えてもらったと思う。

この写真はどこから出てきたのか。探してた時は見つからなかったのに……。

「きっと、母がこんな写真は嫌だと、隠したんじゃない……?」

「こっちにしてくれっ、てね……」

「母ならやりかねない」と、妹や娘たちと笑いあった。

渡部さんが写真を受け取りにきた。

写真を加工すると、どうしても首の境目なんかが不自然になってしまうので、本当は、加工せずに使える写真が一番見栄えがいいと、怪我の功名というか、結果的によかった、という話をした。

お通夜や葬儀の案内の紙も用意してくれて、玄関の外に貼るように言われた。

慌ただしくバタバタしながらも、それでもどこか淡々と、準備を整えていった。

そして、

「京子さんんんんん……っ！」

お通夜の席に北島のおばさんの泣き声が響き渡った。

公務員をしてた母が食品試験場で働いていた時の同僚で、特に仲が良い二人がいた。

私も自覚があるが、母も人との距離感をつかむのが苦手で、たぶん友人は少なかった。

そんな中、母より一回り年上の北島さんと、一回り年下のシュウコお姉さんは、母ととても気が合った。同じ干支で、というのもあったが、二人ともさばさばした性格で、めんどくさい母の性格も気にならないようだった。妹が中学生になって部活で忙しくなるまで、毎年一緒に温泉に泊まりにいくような付き合いをしていた。女だけの気楽な一泊旅行で、温泉に入って、いつもより豪華な食事をして、私と妹が余興でピンクレディーなんかの歌をうたった。母と北島さん、シュウコお姉さんは、ずっと笑顔であきることなくおしゃべりしていた。

母と北島のおばさんが、偶然にも名前が同じ「京子」で、漢字も同じだったことで、余計にお互い親近感を持っているようだった。おばさんは母のことを「京子さん」と呼び、母は、「北島さん」と呼んでいた。

シュウコお姉さんが結婚して、県外に嫁いでいってからも、母は北島のおばさんと時々会って、ランチをしていた。筆まめだったシュウコお姉さんとは、長く文通をしていた。

母の死を、その二人には知らせなければと思った。北島のおばさんに電話すると、新聞のお悔やみ欄を見て、すでに母の死を知っていた。

「明日のお通夜には行くから……！」

おばさんは言った。

シュウコお姉さんは、今は札幌にいるので、来るのは難しかったけど、電話をかけると、もう北島のおばさんに聞いて、母の死のことは知っていた。電報と、数日後には香典が届いた。

お通夜には、安曇野から住職が来てくれて、母にお経をあげてくださった。もう以前いつ会ったのかもわからないくらい久しぶりに、母の弟である暁叔父の奥さんと、娘である従妹たちも来てくれた。義朗叔父家族や、ヤストの家族もいる。ゆうじと、父の弟であるケンジ叔父と離婚した美代子義叔母もいたし、主人の両親や義妹、私の妹家族……家の狭いリビングと続きの間になっている母の寝ている座敷は、人でいっぱいだった。

そんな中、お経が終わった住職から、ありがたいお言葉をいただこうと、なんとなくその場にいた人たちが姿勢を正した時に、電話が鳴った。

喪主として、母の近くに座っていた私から電話は少し遠かった。

近くにいたゆうじが受話器に手を伸ばした。

このタイミングで、と私は焦り、「ゆうじ、電話に出なくていい……!」と心の中で叫んだが、ゆうじはさくっと電話に出た。

静かな部屋全体に、受話器からもれ聞こえる声がした。北島のおばさんの声だった。昨日の電話で気づいていたが、おばさんは、だいぶ耳が遠くなっているようで、声が若干大きかった。

私はゆうじから受話器を受け取った。ゆうじが取ったのは子機だったので、私は住職に目で合図して、そのまま廊下の方に出た。

おばさんは、タクシーでこちらに向かっているとのことで、近所まで来ているのだけど道がよくわからないようだった。耳が遠いせいで、私の声が聞き取りづらいらしく、必然的に私は必要以上に大きな声を出さなければならなかった。

「あぁ、おばさん？　……うん、えいこだけど……」

母の死を悼み、お経を聞きながら世の無常を感じていた参列者の間に、なんとなく白けた空気を感じた。やはり私の現実とはこんなものだと改めて思う。

私は、まだ今の主人と結婚する前、年下の彼氏と少しだけ付き合っていた時の最後をちょっと思い出した。

その日彼に振られた私は、夜中の京王線で帰るところだった。惨めな気持ちで、それほど混んでもいない車内だったが、座る気になれずに吊革につかまって立っていた。ふと気づくと、隣に「姫」が立った。窓の外の闇に車内が映っていて、疲れた私の隣には、知らない「姫」が立っていた。ふわふわと巻いた髪をハーフアップにした姫の頭には、大きなリボンが付いていた。姫は小ぶりのバッグを肘から提げて、花柄のスカートは、中に何かパニエのようなものを着けているみたいで、不自然に膨らんでいた。彼女は、どう見ても「姫」だった。

テレビで、原宿なんかにこんな「姫」たちがいるらしいとは知っていたけど、実際に見たのは初めてだったと思う。

さっき振られた女が私で、そして今、隣に見知らぬ「姫」がいた。

しょせんこれが、自分の「現実」なのだと悟った。

先ほどまでの哀しい惨めな自分がばからしいと感じた。残念ながら、現実の方がファンタジーだった。

どんなに頑張ってみても、取り繕ってみても、自分ではどうしようもできない現実が私のまわりになんとなく常にあった。だから、目のまえにある課題はそれとなくほどほどにこなし、出てきた（だいたい予想外の）結果は甘んじて受け入れるような心構え（？）が、いつのまにかできていた。

その時、……私は「姫」に救われた。

「……今から通りに出るから、タクシーの人にゆっくり走ってもらって……」

私は、子機を持ったまま大きな声で話しながら、そして喪服を着ていながら、玄関でサンダルを履いた。

我が家は通りから一軒分引っ込んで建っている。通りにでたとたん、目の前をタクシーが通りすぎた。

タクシーから北島のおばさんが飛び出してきた。なつかしい記憶にある通りの、あの北島のおばさんだった。小柄で、大きくてたれ目がちな、人のよさそうな瞳。私を見るなり駆け寄ってきた。

一刻も早くという感じで家に入ると、おばさんはまっすぐに母のもとに向かった。そして叫んだ。

「京子さんんんん……っ！」

先ほどからの白けたような空気に、少しずつ何かが混ざる。ほかの人は、誰も声を出さなかった。

「あぁぁぁ、どうしてこんなことにぃぃぃ……」

おばさんは、母の枕元ににじり寄り、覆いかぶさらんばかりの様子で、
「まだ早すぎるでしょ、……私より一回りも下じゃないのぉぉぉ……っ！」
「……私もすぐに行くから……っ！　……私もすぐにそっちに行くからね……！
……待っててっ！　……待っててね……っ……京子さんんんんん……っ」
私は、すぐにそっちに行くからという言葉に、「いや、……住職の前だけどね
……」と、心の中でつっこんだ。けれど、こんなに人目もはばからずに泣いてくれる
友達が母にいたことに、感動もしていた。

しばらくして、すん、として体を起こした北島のおばさんは、妹の方を向くと、

「この度は、ご愁傷さまです……」

と殊勝な様子で頭を下げた。

そして、おもむろに私の方を向くと、

「……？」

「……」

「……えいこちゃん……？」

と、きょとんとした顔をした。

私は、「うん、やっぱり気づいてなかったよね……？　喪主は私だよ。私の方がえいこ（長女）だよ」と心の中で答えた。

私は笑って、

「おばさん、久しぶり。……来てくれてありがとう」

と言った。そして、変わってないな、と安心した。

北島のおばさんは、タクシーを待たせていることと、若干認知症気味のご主人を家に置いてきているからと言って、そのまま嵐のように帰っていった。

葬祭のパックで頼んであった、お通夜のお斎のための軽食が届いていた。住職を含め、妹家族以外は、皆一旦家に帰り、明日の葬儀にまた来てくれるということだった。従妹たちなど、明日の葬儀には来られないという人もいた。親戚のほとんどは県内ではあるが、家からは数時間かかる距離に住んでいるので、あまりゆっくりはしていられない。それでも皆で旧交を温めた。

従妹が、私の子供の頃の話をした。

「お姉ちゃん、いつも絵を描いていたよね？」

母の弟の、暁叔父の娘である従妹は、私よりずいぶん年下だったと思う。長男である暁叔父は、結婚後も祖母と同居していた。私は長期休みにはよく母方の祖母の家にも行っていて、お嫁さんである義叔母にもかわいがってもらっていた。確かに絵はよく描いていた気がするが、そんな年下の従妹の印象に残るほどだったのかと、感慨深かった。

「実は、また絵をやろうかと考えているんだよ……」

私は言った。

ここ数年母や祖母に振り回されていた私だったので、母が亡くなったあと、ここでやれやれと一息つくことに、漠然とした危機感を覚えていた。そして、何かしなければなんとなく自分はまずいのでは？　と感じていた。

私が高校生の頃、進路を決める時に、身のほど知らずにも芸大か美大に行きたいと少しだけ考えていたことがあった。母は賛成してくれたけど、結局父の「そんなやくざなものに、金は出せない」という一言で私はあっさりあきらめ、受かった先の経済学部に進んだ。

二年生の時、たまたま学校でみかけたポスターで、企業のカレンダー絵の募集をみつけ、テーマが「帆船」だったので、夏休みに描いて応募した。運よく「優秀賞」と賞金をいただき、参加した表彰式では、私以外の受賞者は全員芸大か美大生だった。その中のひとりに「あなたは絶対絵をやめないで」と言われたことは、ずっと私の心の支えになって、お守りのように、何かの拍子に、取り出して眺めるように思い出している。

母は、私が絵を描くことを、ずっと応援してくれていた。

私が適当に描いた油絵を、美術展に応募してくれたこともあった。

私は覚えていないが、保育園の時に描いた「時計」の絵が何かに入選したこともあったらしい。小学生の頃は、毎年、市内の学校を絵画や書道の優秀作品がまわるというイベント（？）があって、わりと何回か選ばれていた私の作品を、母は必ず見に来てくれた。

中学の時の文化祭でも、各クラスで何点か美術の作品が展示されて、私の作品も、だいたい毎年何点か出ていたけど、そんな時も母は毎回見に来てくれていた。

そんな話をすると、

「また絵を描けばいいじゃんね……」

義叔母や従妹が応援してくれた。

翌朝、菩提寺の住職が頼んでくださった別のお寺の女性のお坊さん（？）が、家までお経をあげに来られた。

出棺は早い時間だったけど、近所の奥さんが何人か見送りに出てくれた。皆さんほどよい距離感で母と仲良くしてくださった方々だった。大雪で停電になった時も、家はオール電化なので、お湯を沸かして持ってきてくださったり、食事を届けてくださったりなど、お世話になった。

あまりに突然の母の死に、皆さん驚いていらした。

中でも親しかった向かいの奥さんと、自宅前、霊柩車の横で少し話をした。そして、棺の窓から見える母の最期の顔を見てもらった。

霊柩車の運転手さんは、想像できないくらい、霊柩車の運転手さんらしい方だった。家の前に停めた霊柩車のすこし向こうで、黒い服を着たその方は、直立不動で立っていた。喪主である私に気づくと、絶妙な角度で会釈をされた。中年の男性で、前髪はすっきりとセットして額を出していたが、少し長めの耳の下くらいまでの黒髪が、表情の見えない顔に影を落としていた。冥界からお迎えに来た方のようだった。

母の棺は、静かに霊柩車の後部に設置された。

私は喪主として、母の写真を抱いて、霊柩車の助手席に乗った。

妹家族や主人と娘たち、私以外の火葬場に行くメンバーは、別でマイクロバスに乗った。

私の乗った霊柩車が、その方の運転で、滑るように発車した。

私は、ふと、霊柩車の運転手さんて、どうやって就職したのだろうと思った。上の娘のしおりが専門学校を卒業後、就職がうまくいかずに、ちょうど失業中だった。しおりはフラワー関係の専門学校に行っていたので、セレモニーセンターなども就職先としてありそうに思えた。

静かな車内で、私はそのことを運転手さんに訊ねた。

「私の母親が亡くなった時に、私が喪主をしたのですよ……」

運転手さんは静かに話しだした。出発してから少しの振動もなく、流れるように車が走っていることに感動しながら、私は話を聞いていた。

「その時の運転が、ずいぶん荒っぽくて、……母の最期の見送りに、私は残念な気持ちになりました……。……そのあと、……たまたまここの運転手の求人を見つけて、応募したら採用されまして……」

「それは、……運命というか、……天職ですね」

私は言った。

「……運転が、とても丁寧で、……すばらしいなと思っていました……」

「……そう思っていただけたなら……光栄です……」

運転手さんは、話し方も冥界の方のようで、静かで落ち着いていて、空気を揺らさないような声だった。雰囲気といい、容姿といい、運転技術といい、本当に天職だと思った。彼にとってのこのようなすばらしい出会いに、祝福したいような気持ちがした。

私は、後部にある棺を窺った。母がそこにいるだろうかと思う。そして、母の現界での最期のお別れを、この方の運転で終えられることに感謝をした。

火葬場に着いて停車するその時まで、その方の運転は揺るがなかった。私は、これからもこのすばらしい運転技術が守られますようにという応援の想いで、去っていく霊柩車に頭を下げた。

火葬場の建物に入ると、菩提寺の住職がすでに待っていた。

そして、火葬場の女性のスタッフが、またいかにもな、この場にぴったりの方だった。黒髪をまとめ眼鏡をかけて、女性にしては低めの落ち着いた声で、やはりこういう業界もふさわしい方を採用するのだなと、霊柩車の運転手さんに続いて、妙に納得した。

その方の案内で、おごそかにやるべきことが進められていった。

住職のお経が、背景音のように聞こえる。

私たちは、火葬用の金属製の扉の前に集まった。

母の棺がセットされて、ゆっくりとその扉の中に吸い込まれていった。

その後

駅ビルのカルチャー教室で、土曜日の午後にやっている「油絵教室」を見つけた私は、十月から通うことにした。大学時代に美術部で油絵をすこしやったのだが、その時は自己流だったので、一度誰かに教わりたいと思っていた。油絵は、お金も時間も場所も必要で、上の子を妊娠した時にやめていたので、いつかまたやりたいとも思っていた。なので、会社の休みの時に行かれる教室をみつけてラッキーだと思った。先生は「一水会」の先生だった。

年末、家族だけの忘年会をして、今年を振りかえった。

「今年もいろいろあったね」

しおりが言った。

「……ひいおばあちゃんの一周忌、……おばあちゃんが亡くなり……私がこっちに戻ってきて……就職して、……失業して……お母さんが絵を再開して……」

今年の出来事をひとつひとつ挙げていく。

しおりは専門学校卒業後に地元に戻ってきて就職した花屋をすぐさま辞めて、現在失業中だ。


「私が大学やめたことは……？」

なるが小さい声でつぶやいた。

「っ!!」

皆、はっとして、忘れてた……！　と思った。

「……うん、私の退学なんて、我が家の出来事としては、ささいなことだよね……」

呆れたように、なるが言った。

「娘の大学中退がささいなことって、……うち、おかしくない……？」


しおりを妊娠してから、ずいぶん長いことかかって油絵を再開した私は、せっかくだからどこかの美術展にだしてみようと思い、年末年始に少し大きい絵を描き始めた。

題材は、「カラス」にした。

少し前に、会社の駐車場で、朝、カラスが死んでいた。たぶん窓ガラスに当たったのだろうと総務の人は言っていた。会社の窓は、熱線反射ガラスなので、中から外は見えるが、外からは鏡のように見える。

出勤した私は、カラスが何十羽も集まって、死んだカラスのまわりを飛んでいるのを見て、カラスがいたずらする気か、もしくは共食いかと思っておののいた。

ちょうど行きあった、同僚で仲が良い女性が、

「カラスってさ、すごく仲間想いなんだってね……」

と言った。

私が驚いていると、

「きっと仲間のカラスが亡くなって、心配して集まってきてるんだと思うよ……」

その話を聞いて、私は、亡くなった母のことを思い出した。

私は、私たちは、母が亡くなった後、こんなふうに、カラスたちのように、悲しんだだろうかと考えた。葬儀はお金のことばかり考えていたのではなかっただろうか……？　そのあとも、通帳や郵便物や名義変更のことばかり考えていたのではなかっただろうか……？

先ほどまで不気味に見えていたカラスたちが、急に、仲間の死を悼む、情の深いも

ののように見えた。うるさいカラスの鳴き声が、急に仲間の死を嘆き、かなしみ、冥福を祈る声に聞こえていた。

美術展に出す復帰第一号の作品は、カラスにしようと思った。その絵の中で、私も母の死を悼んで、冥福を祈りたいと思った。

年が明けて応募した、そのカラスを描いた作品は、入選して、六本木の国立新美術館に展示された。講評してくださったフランス人の画家の先生からは、

「ヒッチコックの〝鳥〟を連想させる」

とコメントをいただいた。

その絵は、翌年のフィンランドで開催される美術展に推薦されることになった。主催団体から、ミニ個展形式として、もう数点作品を出してみないか？　とお声がけいただき、私は挑戦してみることにした。私の中の絵の優先順位を上げて、日常生活を二の次にした。会社は仕方ないとして、明らかに家事の手を抜き始めて絵を描く私に、娘たちは「当たり前」とばかりに平常運転だった。

けれど、主人はついて来られなくなった。

自分のやりたいことで評価してくださる相手に対し、私は精一杯の誠意を返したい、

そんな想いで、私は仕事の合間をぬって絵を描いた。そのために、自分の生活を多少犠牲にするのは当たり前だと思ったのだが、主人は理解できなかった。作品を出品するまでの数か月間という期間限定の犠牲なのだが、「絵は、あくまで趣味でしょ？」と、そこは頑なに譲れないらしかった。

主人との距離が広がっていくことに気づきながら、私は絵を優先させた。油絵を再開した以上、自分がこうなることは想定内だった。私は、彼がどうするかみていようという気持ちもあった。残念ながら、夫は私の変化を受け入れなかった。

「カミナリ」の絵を描いている時、夫は家を出ていった。「神、なり」というくらいだから、「カミナリ」ってやっぱりすごいんだな、とそんなことを私は感じていた。

私は二度目の離婚をした。

母の一周忌の数か月後だった。

著者プロフィール

えい子（えいこ）

1970年生まれ。長野県出身。
法政大学経済学部卒。
土木系のCADオペレーターで、休日画家。
趣味：絵を描くこと、空想すること。

母の葬儀

2023年 6 月15日　初版第 1 刷発行

著　者　えい子
発行者　瓜谷 綱延
発行所　株式会社文芸社
〒160-0022　東京都新宿区新宿1－10－1
電話　03-5369-3060（代表）
03-5369-2299（販売）

印刷所　株式会社暁印刷

ISBN978-4-286-24180-7